三 岛 由 纪 夫 精 品 集

金阁寺

[日]三岛由纪夫 - 著

李雨洁 - 译

北京理工大学出版社
BEIJING INSTITUTE OF TECHNOLOGY PRESS

序

1925年1月14日,三岛由纪夫出生于日本东京,原名平冈公威,他成长于没落贵族之家,出身显赫的武士之家的祖母在家独掌大权,对家中的长孙更是极尽严厉,这让孩童及少年时期的三岛始终成长于压抑而灰暗的家庭氛围中,与此同时,祖母高雅的贵族气质对他日后的审美同样产生了重要的影响。

1945年,二十岁的三岛由纪夫亲身经历了日本战败。在战争的最后一年,三岛曾被军队征召,却因为军医误诊被遣送回乡,无缘战场。与枪林弹雨擦肩而过、与死亡擦肩而过的经历让三岛重新审视自身,也让他正式踏上了文学的道路。

1949年,三岛由纪夫的第一本长篇小说《假面自白》出版。在这本半自传式小说中,三岛借主角之口对自己的青年时代做出了完整的回顾与总结。这本小说名为"假面",却是一篇格外坦率的自我剖析,三岛在这部作品中"征服了内心的怪物"。在这本书中,三岛兴致勃勃地进行了自我清算,能看到他将自身特性浪漫化、光荣化的倾向,这是只有二十多岁的艺术家才能创作出的自画像。

在倾述过格格不入的绝对孤独后，三岛由纪夫进入了与社会和解、对社会敞开心扉的阶段。1954年出版的《潮骚》，就是三岛在获得共存、均衡的幸福时期创作的产物，亦是他游历欧洲时受到古希腊精神熏陶所作，其中描述了一段无法抵挡、不为人的意志所转移的唯美爱情，却笼罩着浓烈的宿命气息。

然而，就在两年后出版的《金阁寺》中，三岛很快重新展现出了无法抑制的，剧烈的矛盾心理。日本战败的阴影让传统之美在日本人心中产生了奇妙的二重性。一方面，传统之美是日本恢复自信仅有的凭依，另一方面又成为了束缚日本人内心的象征。这种爱憎共存的微妙心理在小说中具象成了金阁的形象，沟口以毁灭的方式完成了对美的反抗，却由此促成了美的永生。

1960年，日本发生了安保斗争。民族主义和反美主义等风潮在日本高涨，然而讽刺的是，日本正是以这次骚动为开端，进入了前所未有的经济繁荣期。三十多岁的三岛好不容易对社会敞开心扉，却近距离地看到了如此活生生的矛盾景象，眼睁睁地看着美国政治经济文化大举入侵，看着日本传统分崩离析，社会变得世俗而虚伪。这段经历对于进入成熟期的小说家来说究竟是幸或不幸，想必没有人能准确判定。从1961年开始，三岛的作品中表现出了明显的右翼思想，字里行间显示出对传统，尤其是武士道精神的推崇和信仰。这一时期的三岛虽然仍笔耕不辍，但与此同时也开始锻炼肉体，拍摄电影和影集，通过媒体扩大自己的影响力，积极关注政治活动，俨然成为社会时尚明星。

自1965年开始，三岛开启了他最后的超长篇巨作《丰饶之海》的撰写，并于次年完成第一部《春雪》，受到一致好评，被视作三岛问鼎诺贝尔文学奖最具竞争力而又呼声最高的作品。川端康成评之为"《源氏物语》以来日本小说的名作"。同一时期，三岛个人出资，召集学生组建私人军队"盾会"，在自卫队基地进行军事训练。此时三岛似乎已做好了人生最后道路的规划。

1970年11月25日，在最后的超长篇作品《丰饶之海》第四卷《天人五衰》截稿后，三岛由纪夫率领盾会成员发动政变，绑架自卫队长官，并亲自对自卫队士兵发表演说，鼓动恢复日本武士精神，失败后按照日本传统切腹自杀，仿佛是用自己传奇性的死完成了这部充满佛教气息、以轮回为主题的大作。

关于三岛之死，一直争议颇多，但无论如何，将三岛定义为纯粹的为政治倾向而殉道这一说法是极不准确的。恰如莫言所说："三岛是为了文学生，为了文学死的。他是个彻头彻尾的文人。他的政治活动骨子里是文学的和为了文学的。"与其说三岛为政治殉葬，莫不如说三岛是坚定不移地贯彻自己永恒的美学，因而自我选择这一极为绚烂的死亡方式更为恰当。他后期的散文《太阳与铁》里早已详细阐述了他对美学的矢志不渝，对语言的质疑，以及对自身践行美学的向往。政治也好，武士道精神也好，不过只是三岛付诸美学的载体罢了。如果抛开所谓道德标准，只以纯粹的美学角度观之，大概就可以理解三岛之死了。

三岛由纪夫的作品中蕴含着清晰、明朗的古典主义倾向，却同时包含一种近乎疯狂的浪漫主义，二者紧密结合。三岛对小说和戏剧的结构的迷恋尤为突出，有时甚至能从他的作品结构中感受到音乐式的快感，这与他重视结构、逻辑秩序的古典主义思想有着不可分割的关系。作品的浪漫主义则体现在三岛对美的极致追求上。大量异想天开的比喻和心理描写看似晦涩诡谲，却在他对文字的精准控制下变得华丽而明晰。三岛的美学是残酷而幻灭的，在他的笔下，美必须与形体的毁灭相连，而毁灭的过程本身同样将成为美的一部分，只有经受毁灭的美才是完整的。从这个角度来看，三岛及其作品无疑具备非常独特而不可替代的美学价值。

三岛由纪夫一生创作了大量文学作品，是一位高产且质量稳定的艺术家，不仅仅是小说、评论和散文，他的戏剧作品同样多次在日本及海外上演，同时受到东西方读者的喜爱，曾三次（一说两次）获得诺贝尔文学奖提名，亦是被翻译成外语最多的日本作家。在日本文学领域，三岛由纪夫是战后派的代表人物，与谷崎润一郎、川端康成并称，是当之无愧的文学大师。新潮社于1988年设立了三岛奖，旨在发掘和鼓励新人作家。川端康成曾如此评价三岛："像三岛由纪夫这样才华横溢的天才作家，大概两三百年都难遇一个。"从他的文学成就和影响力看来，三岛毫无疑问是担得起如此赞誉的。

目 录
contents

第一章 / 001

第二章 / 027

第三章 / 049

第四章 / 075

第五章 / 099

第六章 / 125

第七章 / 146

第八章 / 182

第九章 / 207

第十章 / 227

第 一 章

幼年时，我常听父亲讲金阁寺的故事。

我出生在舞鹤东北的成生海角，这个海角孤零零地望着日本海。但我的老家是在舞鹤东郊的志乐。父亲当年受人之托，来到这个偏僻的海角，入空门后当了住持，并在当地结了婚，生下了我。

成生海角寺庙附近没有适合我念书的中学，我便离了双亲膝下，寄宿在老家的叔父家，每天步行往返于东舞鹤中学和叔父家。

老家从不缺阳光。但每逢十一二月，即便是万里无云的晴空，一天内竟也会下四五场阵雨。我常想，或许自己这阴晴不定的心情便是源于这片土地。

五月间，黄昏放学后，我常从叔父家的二楼书房远眺对面的小山，远方长满新叶的山腰随即映入眼帘。在夕阳的照射下，于无边的原野中，远方的小山宛如一扇竖起的金屏风。

这景色总使我联想到金阁寺。

我偶尔也会在照片里或教科书上看到现实世界里的金阁寺。但在我心里，父亲所讲的幻想中的金阁寺却更胜一筹。父亲从未讲过现实中的金阁寺如何金碧辉煌，却说世上没有什么比金阁寺更美。再者，"金阁"这两个字，以及它的音韵，都美到令我难以勾勒出对它的幻想。

每当我看见远处的田野在夕阳下熠熠生辉，便会想象那是肉眼不可见的金阁寺的投影。吉坂岭位于福井县和京都府交界，正好位于太阳升起的正东方。尽管现实中，吉坂岭与京都处于正对角，我却总能在升起的朝阳中，看到矗立于山谷金辉间的金阁。

如此一来，金阁寺便无处不在，却又脱离现实。想来，它像极了这片土地上的大海。舞鹤湾距离志乐村西面只一里半，大海却被高山遮挡，无从窥见。可大海的气息总飘荡在这片土地上，不时夹杂在风中。海浪汹涌时，海鸥也会成群结队避难而来，躲进远方的田野里。

我自幼体弱，跑步、打架样样不行，还是个天生的结巴，性格便越来越内向。再加上大家知道我是和尚的儿子，顽童们便模仿结巴和尚念经的样子来取笑我。若是课本中出现了一个结巴的捕吏，他们就会故意把捕吏讲的结巴的话读给我听。

毋庸置疑，结巴成了我和外界的一道屏障。我无法发好第一个音，第一个音就像一把钥匙，能打开阻挡我的内心世界和外面世界的大门，可这把钥匙从未顺利开启过这扇大门。普通人能通过自由操控语言来敲开这扇阻挡内心世界和外面世界的大门，给自己的内心通风透气，我却始终做不到。我的钥匙生锈了。

怎么发好第一个音是每一个结巴的难题，这使我焦躁不安。那想从受困的内心中脱身的慌乱样子,就像一只受困挣扎的小鸟,好不容易挣脱了束缚,却发现为时已晚。想来,我总以为外面的现实世界会在我挣扎时,缓下脚步等我,但等待我的现实早已腐臭。即使我竭尽全力抵达外界,现实却总是瞬间变脸、扭曲……或许只有这种扭曲才最适合我。暗淡的、发出半恶臭的现实,结结实实地横在我和外界之间。

不难想象,这样的少年身上,会集中两种矛盾的权力意志。一方面,我喜欢阅读关于历史上暴君的记述。若我成为暴君,即便结巴又沉默寡言,我的家臣也必会看我脸色,谄媚于我。我无须用准确且高明的言语来使我的残暴正当化。仅凭我的沉默寡言,便能将所有的残暴正当化。平时蔑视我的师生都要在我的刑罚下受到处置。而另一方面,我也是自己内心世界的王者,幻想着成为冷静且富有洞察力的艺术家。这两种矛盾的幻想使我感到满足。我的外在虽是贫瘠,但内心世界却比任何人都富有。少年的我一边同卑微如影随形,一边又暗自觉得自己乃天之骄子。我觉得这样想也无可厚非,在这世上的某处,必定有着我自己都未知的使命在等待着我。

我突然想到一个小插曲。

群山环绕的东舞鹤中学是一所新式的学校,操场宽敞,校舍明亮。五月的一天,一位毕业后去了舞鹤海军学校的学长放假回到了母校。

他皮肤黝黑,军帽帽檐快压得看不清其双眼,高挺的鼻梁躲在帽檐阴影下,从头到脚都散发着骄傲荣光。他站在大家面前大谈自己的军校生活。理应是苦不堪言的生活,却被他说的像是奢华的生活一般。

他举手投足间都充满了自豪之情,年纪轻轻却也懂得谦虚的分量。其胸前的校服饰有蛇腹花纹,远远望去,高挺的胸膛就像乘风破浪、一往无前的船艏塑像。

五月的郁金香、香豌豆、银莲花、虞美人等,各色鲜花在花圃中盛放,大朵白花镶嵌于头顶上的朴树绿叶间。学长走过操场前的大谷石阶梯,坐在了其中的第二三层的台阶上。在他身旁围了四五个学生,正听得心驰神往。

讲者和听众仿佛纪念雕塑般纹丝不动,我则独自一人坐在两米开外的操场长凳上。这是我的礼仪,是我对五月的鲜花、骄傲的制服和明朗的笑声的致敬。

可是这位"青年俊才",好像并不在意他的崇拜者们,反而更留意我,认为我不屑一顾的样子伤害了他的骄傲,于是在向其他人打听到我的名字后,便向我叫道:

"喂,沟口。"

我闭口不言,目不转睛地盯着他。他朝我笑了笑,笑容里有着类似手握权力者的狡黠。

"怎么不回我的话?你是哑巴吗?"

"我……我……我……我结巴。"其中一个崇拜者替我答了一句。

所有人都笑作一团。嘲笑这种东西,是多么令人眩晕啊!那种少年同学间特有的残酷嘲笑,就像反射耀眼阳光的茂密丛林一样,令人眩晕。

"什么啊，原来是结巴啊！那你要不要考虑进海军学校，一天就能把你的结巴给治好。"

我也不知为何，毫不犹豫便给出了明确的答案。语速流利、语气坚定，话语瞬间脱口而出：

"不去，我要当和尚。"

话音落下，一片安静。"青年俊才"低下头来，扯下身边的一根草，叼到嘴里。

"这样啊。这样的话，那往后，我可有的事让你烦心了。"

那一年，太平洋战争已经打响了。

……这时我隐隐约约感觉到了，我正将手伸向阴暗的世界严阵以待。五月的鲜花也好，校服和顽童也罢，都将被我攥入手中。我攥紧了这黑暗世界的底层……然而对于少年的我而言，这种感觉过于沉重，以至于无法成为一种骄傲。

骄傲本应是更加看得见、摸得着，轻快明朗、熠熠生辉的。我想要那种能帮我斩获所有人认可的骄傲——就像学长挂在腰间的短剑。

这把短剑既是绝美的装饰品，也是庄严的象征，所有学生无不向往拥有。听说海军学员都偷偷用它削铅笔，真可谓显摆至极！

正好学长在众人起哄下登上了不远处的相扑赛场。五月鲜花簇拥的白漆栅栏上，挂着他脱下的海军校服、裤子和白衬衣……衣服散发着青年的味道，其间还夹杂些汗味。蜜蜂误把这晃眼的白衣当作了"五月花"，落在其上歇翅休憩。镶金边的海军帽不偏不倚地挂在栅栏上，帽檐像戴在他头上那样压得很低。

挂在栅栏上的衣物使我产生一种置身墓地的错觉。荣誉感包围着这片墓地，繁花强化了这种错觉。漆黑的海军帽反射着五月和煦的阳光。没有士兵陪伴的皮带和短剑，孤苦伶仃，更添抒情之美。这些东西本身便同我的回忆一样完整……在我看来，它们正是少年英雄的遗物。

相扑场上欢呼雀跃，我环顾一圈，四下无人，随即从口袋中掏出生锈的铅笔刀，悄悄潜到短剑后，在刀鞘上刻下了两三道丑陋的刀疤。

……若读到这里，想必有人会轻易断定我乃书生墨客。然而时至今日，别说诗了，就连手记我都没写过。我没有冲动借其他能力来填补自身缺陷并以此成为出类拔萃的人。换个说法吧，我太傲慢以致成不了艺术家。艺术家也好，暴君也罢，梦只是梦，我从未有过完成使命、成就大事的冲动。

由于我唯一骄傲的一点是不被人理解，因此我也没有过表达自己、获得理解的冲动。我没有让人眼前一亮的品质，这是我的命运。我的"孤独"日渐肥硕，竟长成一头肥猪的样子。

我突然回想起我们村发生的一起悲剧。实际上我和这起悲剧毫无瓜葛，但我永远无法抹去置身其中的感受。

我在事件旋涡里，一刹那被推到有关人生、感官、背叛、爱恨的所有感受前。我也任凭自己的喜好在回忆中否认、忽略和遗忘其中暗流涌动的那些崇高。

隔着伯父家两栋房处，住着一位相貌姣好、明眸皓齿的少女，叫有为子。她生在富贵人家，因此为人颇为傲慢。虽然家人都很疼她，她却总喜欢一个人独处，像在思忖着什么一般。她应该还没有相好的，但村里眼红的女人却四处散播谣言，说她长着一副生不了孩子的面相。

毕业后，有为子去舞鹤海军医院当了一名军医护士。医院离家不远，她便骑自行车通勤。若上早班，天微亮她便得出门，比我们上学还早两个小时。

一天晚上，我陷入对有为子身体的阴郁幻想中，辗转反侧，难以入眠。于是，我摸黑起身，溜出房间，穿上运动鞋，钻进了夏天黎明前的黑暗中。

这不是我第一次幻想有为子的身体，不时浮起的念头越发无法消散，逐渐凝结成我对她的思念。这思念又聚成散发出香味的"肉块"，白皙且富有弹力，暗藏在灰暗的影子中。我幻想着手指触碰到她的身体，指尖传来充满弹力的感觉，以及从她身体里传来的阵阵微热和脂粉香味。

闯进黑暗的我只顾一股脑儿地向前冲。没有石头阻挡我，黑暗为我开辟光明。

眼前迎来岔路口。志乐村至安冈村落的尽头有一棵巨大的榉树，朝露浸湿了它的枝干。我藏身在树根旁，等待着有为子从村落方向过来。

我并非因为想做些什么才喘着粗气跑到这里。在树荫下歇息时，我也不明白自己想做什么。过去的我和外面的世界没有关联，只按照自己的方式一路走来，因此我也幻想当自己走进外面的世界时，一切都能如我所愿。

这时，鸡鸣四起，花蚊子叮在了我的腿上。我模模糊糊地看着路上的情况。不久，远处出现了一个小白点。我还在想是否东方之光已升起时，便发现这个白点其实就是有为子。

骑着自行车的有为子开着前灯，安静地向我骑来。我猛地蹿出树荫，跳到了自行车跟前。自行车一个急刹车后停住了。

我僵住了，我的意志和欲望也石化了。与我的内心世界毫无瓜葛的外界真实地出现在我的四周。这时我才明白，溜出伯父家，穿上白色运动鞋，穿梭于黑暗之中，藏身在树荫下的这一切，不过是我内心世界的一次奔跑。于我而言，不论是拂晓中闪烁的村庄屋顶的轮廓，还是漆黑树丛，抑或青叶山低沉的山顶，甚至眼前的有为子，都没有任何意义。我感到了恐惧。不等我做出反应，现实已经真实存在于眼前，并以我从未感受过的重量，以无意义的方式横在我面前，重重地压在我身上，使我的双眼失去光明。

我过去常想，或许只有语言才能挽救这样的场面。现在我明白了，这不过是我特有的误解。在最需要采取行动的时候，我却一味地在意语言。因为我是个结巴，便格外在意说些什么，而忘记了采取行动。我总认为行动这种光怪陆离的东西，也必然伴随着光怪陆离的语言。

我没看见有为子脸上的表情，但她肯定被吓了一跳。等她回过神来发现是我后，便直勾勾地盯着我的嘴，仿佛盯着一个黑暗中肮脏丑陋、毫无意义的洞，注视着荒野动物蠕动其中的阴暗巢穴一般。在确认了从我口中不会蹦出任何和外界的联系后，她松了一口气。

"什么啊，结巴还不学点儿好。"有为子说话时，声音中飘来了清晨凉风般的清爽和优雅。她按了按铃，脚一蹬，像绕开绊脚石一样刻意绕过我，骑走了。有为子不一会儿便没了人影，我却听到她远去时嘲笑我似的铃声一直飘到田野远处。

那晚，因为有为子的告状，她妈妈来我伯父家理论。平常平易近人的伯父狠狠地斥责了我一顿。于是，我决定诅咒有为子去死。却没想到几个月后，我的诅咒竟成真了。打那之后，我就坚信诅咒是会成真的。

自那天伯父骂我以来，我睁眼闭眼都盼着有为子快去死，我希望见过我被耻辱样子的人尽快从这个世界上消失。只要没有证人，我的耻辱也会随之消失。若所有人都是证人，那么只要所有人都消失，我便不会再有耻辱。我注视着他人的世界，这个世界躲在拂晓黑暗中有为子的明亮的面庞之后，藏在她那死死盯着我的嘴的目光后。他人的世界——每个人都身陷其中，每个人都是共犯，也是证人。其他人必须毁灭。只有这个世界毁灭，我才能抬头望向太阳。

告状的两个月后，有为子辞去了海军医院的工作，躲在家里不再出门。村里人对此还说了不少闲话。之后到了秋末，便发生了那件事。

……某日正午时分,宪兵进了村里的办公厅。宪兵进村并不稀奇,我也从没想过是因为有个海军逃兵躲进了村里。

那是十月末的一个晴朗秋日。我像往常一样上下学、写作业,正准备熄灯睡觉时,却听到外面人声嘈杂不已,像狗喘粗气似的在街上跑动。我来到楼下,正好碰到站在我家门口的一个同学,他正瞪着眼睛朝着闻声起床的伯父、伯母和我大叫着:

"刚刚有为子在那边被宪兵抓了,咱们一块儿看看去。"

听罢,我拖了个木屐便往外冲。

收割好的稻田在月夜里落下稻影,灰黑的人影在树丛阴影下攒动。身着暗色衣服的有为子坐在地上,脸色苍白,四周围着她的父母和四五个宪兵,其中一个宪兵拿着一个盒饭包,满脸怒气。她的父亲走来走去,一边向宪兵赔罪道歉,一边责骂着有为子。她的母亲则蹲在地上不住地落泪。

我隔着稻田观察着这一切。寂静的深夜里,来看热闹的人越来越多,大家向前靠着、望着。一轮月亮悬在我们头上,小得像被拥挤的人群挤得变了形似的。

同学凑在我耳边说明了大致的情况:

有为子拿着盒饭包溜出了家门,正要去邻近村落时,被埋伏好的宪兵抓了个正着。这个盒饭包肯定是给逃兵的,因为当初在海军医院时,有为子就是因为怀上了那个逃兵的孩子才被赶出了医院。

宪兵不断质问有为子逃兵藏身何处。而她只是一动不动地坐在地上，固执地一声不吭。

我目不转睛地盯着有为子的脸，她像个被抓住的疯女人一样，在月光下一动不动。

我从未见过比这更排斥世界的脸。我的脸是一张被世界拒绝的脸，有为子的脸却是一张拒绝世界的脸。月光在她的额头、眉眼、鼻梁和脸颊间冷漠地跳动，清洗着她那张毫无表情的脸。若是有为子稍微动一动眼睛或是嘴巴，她所拒绝的世界便会如山崩地裂般迅速崩塌。

我屏气凝神地盯着有为子的脸，竟看得出了神。这是一张把历史停在此刻，不细数过往，也不诉说未来的脸。刚被砍下的残余树桩里也有这样令人百思不得其解的脸。树桩上绝美的神秘断面由木纹刻成，虽带着水灵与新鲜，其成长却也终止于此。这张脸沐浴着本不属于自己的阳光和微风，暴露在从不拥抱自己的世界里。这张脸来到世界，只为拒绝世界。

我不禁感到，恐怕有为子的一生中，再也不会有任何一个瞬间比现在更美了。我此生也再看不到比这更美的瞬间了。然而毕竟只是瞬间，这张绝美的脸在下一秒就崩塌了。

有为子站了起来。除了看到她笑了，以及她那在皎洁的月光下闪闪发光的皓齿外，我无法描述出这张脸的其他变化，因为有为子站起身来时，这张脸躲过了皎洁的月光，钻进了树丛的阴暗处。

遗憾的是，我没能看到有为子下定决心背叛逃兵时那张变形的脸。若我有幸目睹，或许在我的心里便能宽恕所有的丑陋，宽恕所有的人。

有为子指向了旁边村落的鹿原山阴。

"金刚院。"宪兵叫道。

我的内心随即涌起一股儿时参加节日活动的喜悦。宪兵决定从四个方向分头包抄金刚院,并要求村民前来帮忙。我怀着些许恶意,和其他五六个少年一起加入了首发队伍,走在有为子前面。月光肆意地倾洒在道路上,由宪兵押守的有为子迈出的每一步都如此坚定,让我不由地感到惊讶。

金刚院这座名刹,坐落于距离安冈步行十五分钟远的山阴处,寺内有高丘亲王①亲手种植的香榧树,还有据传为左甚五郎②建造的三重塔。我常在夏天来这里的后山瀑布处嬉戏玩耍。

正殿的院墙紧邻河畔,顺着河流的方向延伸开来。破烂的泥墙墙头杂草丛生,白穗在黑夜中发出惨白的光。正殿大门旁山茶花怒放。我们一行人默默地沿着河岸前行。

金刚院的佛堂在最顶处。走过独木桥,右侧是三重塔,左侧是红叶林,再往里走,便能看见高耸入云的一百零五级石阶。石阶上布满青苔,一不留神人就会滑倒。

过独木桥前,宪兵回过头来比画了个手势,示意后面的人停下。

---

① 约799—约865。平成天皇的三皇子,嵯峨天皇的皇太子,法名"真如",亦称"遍明"。"药子之乱"中受牵连,被废黜后成为空海大师的弟子。
② 1594—1651。江户初期的木匠、雕塑师。播磨人,德川家建筑木匠的骨干。

相传在过去，这里有运庆①、湛庆②文子建造的仁王门。再往前便是金刚院的地界了。

我不由地屏住了呼吸……

月光下，微红的枫叶发出暗红的幽光。在宪兵的催促下，有为子一个人在前面走过独木桥，我们紧随其后。黑影盖住了石阶的下段，但中段往上都暴露在月光里。我们分散藏身在石阶下段的黑暗里。

石阶上方便是金刚院正殿，正殿左斜方架着的穿廊一直通往用作神乐殿③的空御堂。空御堂的构造类似清水舞台，下面的柱子和横梁在悬崖下方托着它一直伸向夜空。空御堂和穿廊的木架经风吹雨打已经泛白，活似一堆白骨。待到枫叶满山时，枫叶的红与建筑的白必如琴瑟和鸣般和谐，但在这洒满月光的夜里，白骨般的木架反而愈发的妖艳奇异。

逃兵似乎就藏身于舞台上方的空御堂里。宪兵想要通过有为子生擒他。

剩下我们这群证人屏气凝神，藏在黑暗里等待。那时已是十月下旬，夜晚的寒冷包围着我，而我的脸却在发烫。

---

① ？—1224。镰仓初期的佛像雕塑家。康庆之子，属庆派。完成了有节度、有气势、充满力量的新时代样式，成为庆派各流派中的第一高手。作品有兴福寺北圆堂群像和东大寺南大门仁王像等。
② 1173—1256。镰仓时代的佛像师。运庆之子。风格简洁、温和。作品有三十三间堂的千手观音、雪蹊寺的毗沙门天三尊等作品。
③ 设在神社内用来演奏神乐的建筑物。

有为子一个人昂首挺胸登上了一百零五级石阶，如同狂人般骄傲自豪……她那黑色的头发和黑色的衣服之间，只有绝美的侧脸是雪白的。

夜月、星辰和飞云高悬夜空，山顶成排的青杉树与天相接，形成一道天际线。月影摇曳，周围的房屋闪烁着惨淡的白光。有为子在这样的夜晚背叛了逃兵，她的背叛带有纯洁而明亮的美，使我沉醉。她一个人，却有昂首挺胸登上这青色石阶的资格。她的背叛，和星辰、夜月、青杉并无二致。也就是说，她的背叛和我们这群证人一样，一同存在于这个世界，共同接受这样的大自然。她作为我们每一个人的代表，登上了石阶。

待喘过气来，我不禁想到：她选择背叛的同时也意味着接受了我。此时的她才属于我。

之所以把它叫作"事件"，是因为在某个点，它突然从我们的记忆中消失了。攀登一百零五级青色石阶的有为子还清晰可见，但这石阶仿佛永远没有尽头。

然而再上前一步，有为子又变了一个人。登顶后的她再一次背叛了我们。方才还未登顶的她，既不会背叛全世界，亦不会接受全世界。登顶后的她却成为一个臣服于情欲、甘愿为爱飞蛾扑火的女人。

因此，我只能漠然地回忆起那久远的情景，如同眺望远古的石版画一样……有为子走过穿廊，朝阴暗的空御堂呼喊，随后出现一个男人的身影。有为子朝他喊了些什么，男人便转过身来朝着石阶中段扣动了握在手中的枪。宪兵们的枪声也应声从石阶中段传来，枪林弹雨似的飞向佛堂。男人又一次装弹上膛,这一次朝着逃向空御堂的有为子后背开了好几枪。有为子应声倒地。于是,男人将枪对准了自己的太阳穴,只听砰的一声……

之后,几乎所有人都争先恐后地拥上石阶,奔向两人的尸体。唯独我依然藏身于红叶的阴影中,一动不动。白骨般的木架纵横交错地立在我的头顶,从上方的木板处传来了杂乱的脚步声。这脚步声越来越轻,旋即轻轻落入我耳中。两三道分不清方向的手电筒光束越过栏杆,射入了红叶枝头。

我只记得这件事离我很远。不亲眼见到血,迟钝之人是不会感到狼狈的。但流血事件发生时,悲剧往往早已落幕。我竟在不知不觉中处于半梦半醒状态。一觉醒来,周围只剩下鸟啼陪伴,我早已被众人遗忘。朝阳透过红叶枝头洒下阳光,在白骨似的木架上镀上一层金光,一切重获新生。空御堂里一片宁静,这份宁静也一直蔓延至红叶丛间。

我站起身来,打了个寒战,伸直了腰背,只剩寒冷留在体内,也只有彻骨的寒意了。

***

第二年春天,父亲穿着国民服[①]、披着袈裟,来伯父家看我,说要

[①] 第二次世界大战期间日本规定国民必须穿的类似军服的男式服装。

带我去京都待上两三天。父亲的肺疾日益恶化，使我惊讶岁月竟这般催人老。不光是我，伯父伯母都劝说他不要去京都，可他怎么也不听。现在回想起来，想必父亲是想趁着自己不多的时日，将我介绍给金阁寺的住持。

去金阁寺自然一直都是我的梦想，但一想到和这样的父亲一起出游，我便怎么也高兴不起来。即便父亲强装坚强，人们还是能一眼看出他早已身患重疾。随着出发的日子一天天临近，我越发踌躇不定。金阁寺若不美，我便一无所有。更准确地说，我害怕现实告诉我，我没有欣赏美的能力。

仅就少年都能理解的层次而言，我对金阁可谓无所不知。美术书里一般都这样记载金阁寺的历史：足利义满①接管了西园寺家②的北山殿，并在此建造了规模宏大的别墅。主要建筑物有舍利殿、护摩堂、忏法堂、法水院等佛教建筑，以及宸殿、公卿间、会厅、天境阁、拱北楼、泉殿、看雪亭等住宅建筑。舍利殿耗资巨大，后来被称作"金阁"。很难定论人们从什么时候起开始以金阁称呼舍利殿，普遍相传是在"应

---

① 1358—1408。室町幕府第三代将军，号鹿苑院殿。1378年兴建室町殿，1392年完成南北朝统一，控制实力雄厚的守护大名，确立了幕府的权力。1397在北山建造金阁寺，被称为北山殿。1401年向中国明朝进贡，开展贸易。
② 藤原北家闲院支系，系以公实之子通季为始祖的清华家。"承久之乱"后，该宗门层出国太政大臣，其势力一度超过摄关家。曾以琵琶为家业。

仁之乱"①之后，即文明时代②年间。

　　金阁坐落于苑池（镜湖池）池畔，是一座三层楼阁的建筑物，大约建成于1398年（应永五年）。其一、二层的样式是颇受贵族青睐的寝殿建筑风格，窗户是格子吊窗。第三层为三开间大小，集禅堂佛堂风格于一体，浑然天成。正中镶有唐风推拉格子门，左右嵌入尖头曲线火灯窗。桧树皮葺顶，攒尖顶上站着一只镀金铜凤凰。邻湖的双坡顶水榭（漱清）延伸至苑池，打破了整齐划一的单调，看起来别具一格。其屋顶平缓下降，檐下椽子稀疏，雕工精细优美。住宅样式的建筑配上佛教风格，尽显和谐，乃庭园建筑之杰作，既符合足利义满的朝臣身份，又淋漓尽致地展现出其情趣，将观赏之人带回遥远的年代。

　　足利义满逝世后，按其遗嘱，北山殿成为禅刹，称鹿苑寺。院中建筑或搬迁，或遭遗弃，唯独金阁幸存至今……

　　金阁之于黑暗时代，一如明月之于黑夜。在我的幻想中，金阁和从四面八方涌来的黑暗背景是不可一分为二的。精美纤细的木架发出幽光，安静地坐落在黑暗中。无论旁人如何描述它，金阁只是安静地展示着它细致的构造，默不作声地融入四周的黑暗。

　　我脑海中又浮现出了那只镀金铜凤凰，它盘踞在屋顶，日复一日

---

① 1467年起持续了11年的内乱。由于细川胜元与山名持丰对立，再加上足利义政将军的继嗣问题，斯波、畠山两管领家的继承争端纠缠在一起，各国的守护大名分为细川胜元的东军和山名持丰的西军，互相征战。随着战乱扩散到地方，幕府失去权威，日本进入"战国时代"。
② 1469—1487。后土御门天皇年号。

地经受着日晒雨淋。这只神秘的金鸟，既不报时，也不振翅翱翔。我想它已遗忘自己生来即为鸟的事实。我们眼中的它虽无法飞翔，却安然遨游于时光的海洋。它的双翅击打着时间，将时间抛在身后。它只是以不动的身姿，瞪着双眼，高举双翅，振动尾羽，庄严的金色双足紧紧抓着屋顶，便完成了飞翔。

我接着想象金阁就像一艘穿越时光漂洋而来的船，美术书上"墙少通风的建筑"的描述就是它的结构。这艘结构复杂的大船共有三层，船下镜湖池就是大海的化身。金阁从黑暗中驶来，不知将驶向何方。当白昼来临，这艘神秘的大船抛沉下船锚，停止前行，任凭数不清的船客拥出船板，尽情观赏。当夜幕降临，它又从四周的黑暗中汲取力量，拉满形似屋顶的船帆，再次起航。

毫不夸张地说，我的人生中遇到的第一个难题便是美为何物。父亲是乡间一个普通的僧侣，词汇匮乏，只会告诉我"在这世上没有什么比金阁更美"。一想到在我未知的世界中已经有了美的存在，我便没来由地感到不满和焦躁。若真有美的存在，便意味着我的存在是被美排除在外的。

然而，对我而言金阁绝不仅仅只是一个存在于脑海的概念。只要我想，虽隔千山万水也能去到它身边细细观赏。美是可触可感、可映入眼眸的真实存在。在万事万物的变化之间，不变的金阁将实现永恒。我对此深信不疑。

有时，我会幻想金阁是握在手中的小巧精致的工艺品；有时，它又以庞大异样的伽蓝①形态出现在我眼前。少年的我,未曾想过美或许是大小适中的物体。于是,当看到盛夏时,朝露湿润了娇小的花朵,从露珠中朦朦胧胧透出一两束光时,我觉得这景色美得堪比金阁。又或是远处山巅风起云涌,电闪雷鸣,混沌的乌云边缘闪烁金光时,我又联想到壮观的金阁。乃至我遇到美人时,也会在心底默默说"你美得堪比金阁"。

　　京都之旅并不开心。列车从西舞鹤出发,在舞鹤线的真仓、上杉站点间走走停停,途经绫部,通往京都。客车内脏乱不堪,一到保津峡沿岸隧道多的地方,煤烟便不断涌进车内,呛得肺不好的父亲不停地咳嗽。

　　大多数乘客都多少和海军有些关系。三等座车厢里多是一些下士、水兵、工人的家属,大家密密麻麻地挤在这狭小的空间内。

　　我眺望着窗外的天空,黑压压的云层压得春日阴沉沉的。我看了看披在父亲国民服胸前的袈裟,又望了望血气方刚的年轻下士那金扣都压不住的高挺胸膛。我觉得自己夹在他们之间,眼前的士兵一脸忠诚。若我不剃发、不入佛门,不当个丑陋且冥顽不灵的和尚,成年后我便会应征入伍,但我却无法做到像他一样忠诚。我身处两个不同的世界:父亲在死之世界里尽忠职守;年轻士兵在生之世界里奔赴沙场。

---

① 来自梵语,意为僧众共住的园林,即寺院。

两个世界看似分隔，却又因为战争而被捆绑在一起。我又是否会成为连接两者的"纽带"？若我战死沙场，无论我踏上眼前哪一条分叉路，最终都会殊途同归。

我的少年时光像暮光般混沌。四下无光、一片漆黑的世界使我害怕，白昼般鲜活的生命，亦使我焦躁不安。

父亲不停地咳嗽。我趁照顾他的间隙望向窗外的保津川。保津川有着刺眼的靛蓝色，就像化学实验室里使用的硫酸铜晶体。伴随列车不断进出隧道，视野里的保津海峡忽近忽远，当它突然出现在我眼前时，伴随着轰隆隆的响声，在光滑的岩石包裹下如同车轮般，旋起一片片靛蓝。

父亲不好意思在火车上打开饭团饭盒。"这不是黑市米。只是施主的一点心意，吃得开心就行了。"

父亲像是刻意说给周围人听的，又像是不在意周围人的眼光一样，漫不经心地吃着并不是很大的白米饭团。

我觉得这趟熏得发黑的破旧列车并非驶向京都，而是正全速前往死亡终点。这样一想，列车进入隧道时蔓延开来的烟味，闻起来就像火葬场的味道。

……但当我站在鹿苑寺正门前时，我的心潮依然澎湃，因为我即将见到金阁。那可是世上再无他物可与之媲美的金阁啊！

夕阳西斜，晚霞环抱群山。还有一些游客在我和父亲前后穿过了这道正门。正门左方有一片稀稀疏疏开着几朵梅花的梅林，林中还有一座钟楼。

正殿大门前有一棵巨栎,父亲站在门前请求住持接见,却被告知住持正在接待访客,要等二三十分钟。

"正好我们去看看金阁吧。"父亲说道。他大概想凭面子免费进门参观,给我这个儿子看看他的本事。但物是人非,卖票人和检票人早已不是十几年前的故人了。

"下次再来时,估计又要换人了吧。"父亲满脸伤感,话语中也流露出无法确定是否有下一次机会再来的苦涩。

我却故意像个少年一样(我只有在这样的场合下,才故意表现得像个少年),欢快地跑在父亲前面,几乎是冲向了金阁。就这样,我魂牵梦绕的金阁,几乎是未经修饰地、毫无遮掩地出现在眼前。

我站在镜湖池一头。金阁置身于落日余晖中,与我只有一湖之隔。漱清在其左侧若隐若现。池面上除了漂浮的水藻和水草外,还有精巧且完整的金阁倒影,倒不如说是池中金阁更准确。夕阳在池水的折射下将跳动的金光洒在各层挑檐内侧。与四周相比,挑檐内侧更加光彩夺目。金阁像是一幅通过远近画法被刻意放大的画般,给人以盛气凌人之感,使人不由地抬头仰望。

"怎么样,漂亮吧。一层是法水院,二层是潮音洞,三层是究竟顶。"父亲瘦骨嶙峋的手搭在我的肩头,说道。

我换着不同的角度,歪着脑袋眺望金阁,心头却没有一丝触动。这不过是一栋破旧泛黑的三层小屋而已。屋顶的凤凰怎么看也不过是一只乌鸦。别说美了，甚至让人感到不和谐、不舒服。我不禁怀疑为何世人称颂的美竟如此丑陋。

若我是谦虚好学的少年，便不会因此泄气，反而会在失望前反思是自己还没有鉴赏美的双眼。但痛苦已使我无法思考。这种痛苦源于背叛，金阁背叛了我对它寄予的无限期待。

我转念一想，金阁是不是为了保护自己才隐去自身的美，乔装成别的样子欺骗我？因为我只相信看得见的美，所以我决定接近金阁，用双眼细细检查它的每一个细节，剔除眼中的丑，发掘美的核心。

父亲领我毕恭毕敬地登上了法水院的檐廊。我绕着玻璃展柜，对着里面的金阁模型左看右看。我很喜欢这个精巧的模型，可以说它更接近于我的幻想。金阁中竟装有与之如此相似的小金阁。这使我进一步联想到无限的呼应，就像大宇宙和小宇宙一样。于是，我头一次幻想到比金阁模型更小、更完整的金阁或无限大于真实金阁的、足够占据整个世界的金阁。

但我不能在模型前止步不前。父亲接着带我来到著名的国宝足利义满木像前。这座木像以足利义满剃发入空门后的法名命名，被称作鹿苑院殿道义之像。

可在我眼中，这也不过是一尊令人费解的发黑木像，跟美不沾一点边。即使上到二楼的潮音洞，目睹传言为狩野正信[①]亲笔所作的天人

[①] 1434—1530。室町中期的画家，元信之父。师从小栗宗湛，成为室町幕府的御用画师，奠定了狩野派的基础。代表作有《周茂叔爱莲图》《崖下布袋图》等。

奏乐顶棚饰画时,抑或是登顶三层的究竟顶,找遍每个角落,看到残留的金箔痕迹时,我的内心也未曾有过一丝美的触动。

我倚身细栏,漫无目的地朝池下望去。池面在夕阳的照射下宛如一面古代锈迹斑斑的铜镜,映出金阁的倒影。水草和水藻下方的池水倒映着黄昏时分的整片天空,这片天与高不可及的天不尽相同。池中的天被寂光①点亮,从池下,从内部向上蔓延直至吞噬地上世界。金阁也淹没在这片天里,仿佛一块巨大且生锈发黑的纯金船锚般沉入海底……

我的父亲在看过金阁后,返回正殿大门,穿过宽阔悠长的走廊,来到了住持的房间——大书院。从这里可以眺望到庭院,那里有著名的陆舟松。

金阁寺住持田山道诠和尚是父亲的禅堂禅友,和父亲在三年的禅堂生活中同住一屋,两人也在足利义满将军兴建的相国寺②禅修道场里,一起经历修行磨炼后,终于披剃出家,成为僧人。或许是因为旧友久别重逢,道诠住持一高兴还道出二人不仅同患难,亦曾共快活。二人曾在开被安枕后,一起翻过院墙去青楼寻花问柳。

---

① 超越生死的智慧光芒。
② 位于京都市上京区的临济宗相国寺派的大本山,山号为万国年山相国承天禅寺。1382年,足利义满创建,开山祖师虽为春屋妙葩,但以其师梦窗疏石为第一代。京都五山中的第二位,现存的正殿为丰臣秀赖所建的桃山时代建筑。

我穿着校服，端坐的姿势僵硬不已。父亲到了住持房间，却放松了下来。父亲和道诠住持虽出身相同，现状却相差甚远。父亲苦于疾患，虚弱不堪，一副贫穷相貌；道诠住持却双颊丰润，粉嫩的脸看起来像个粉色点心。到底是气派的寺院，道诠和尚的桌上堆满了从各处送来的包裹、杂志、书和信纸，有的甚至还没来得及拆封。只见他用肥厚的手指拿起剪刀，熟练地裁开了一份包裹：

"这是从东京送来的点心。现在很难买到这样的点心，因为要交给军官和政要，所以很少流通到市场上。"

我一边喝着淡茶，一边拿起了从未尝过的西洋点心，一紧张，点心渣便簌簌往下掉，落在我的毛织黑校服上。

父亲和道诠住持都对军人官僚一味重视神社，轻视甚至压迫寺庙表现出愤慨，二人的话题围绕着未来寺庙的经营展开。

道诠住持长着一张圆脸，脸上虽有些皱纹，却像仔细熨过似的。身体微胖，唯独那个长鼻子像缓缓流动的树脂，凝固成上窄下宽的长条。他的神态虽温和，剃发后的头型却露出兽性般的威严，仿佛他的精力全集中在头上似的。

父亲道诠和住持很快便将话题转移至僧堂时期的回忆。我望向了庭院里的陆舟松。巨松的树枝在低处盘成船状，唯独船头的松枝争先恐后地向上生长。就快闭园时，来了一个参观团体，嘈杂的声音穿过院墙传入我的耳里。暮春的空气里，轻柔且圆润的脚步声、攀谈声盘旋着飞入天际，飘入我的耳里，又像退潮般逐渐远去，像众生般行不留痕。我抬头一动不动地仰望金阁顶上暮光照射下的镀金铜凤凰。

"这孩子就……"父亲的声音传入我的耳里。我回过头来看了看他。他就在这昏暗的室内,将我的未来托付给了道诠住持。"我的来日也不多了,就把孩子托付给你了。"道诠住持不愧为"大师",听闻此言,未吐半句敷衍的安慰话,只说了一句:

"好,我收下他了。"

令我感到惊讶的是,随后二人愉快地聊起了历代高僧的圆寂逸闻。传闻有的高僧在说完"我还不想死"之后死去;有的高僧是在发出了类似歌德的呼喊"给我多些光吧"后逝去;有的高僧临终前还在数寺庙的香火钱。

道诠住持将我和父亲留宿在金阁寺。吃过药石①后,月亮升起来了,我便催着父亲再去看看金阁。

因为旧友久别重逢,父亲刚才兴奋不已,这会儿应是十分疲惫了。但听我说想去看金阁,便喘着气扶着我的肩头,随我来到金阁前。

月亮慢慢爬上对面的不动山,皎洁的月光洒在金阁背面,形成暗流涌动的复杂光影。金阁四下寂静无声,灵动的月影滑入了究竟顶的火灯窗框内。究竟顶四周通风,或许就是为了给朦胧的月色提供一个栖息地吧。

夜鸟从苇原岛的黑暗中惊起掠过。父亲的手搭在我的肩头,我感

---

① 过去禅修者晚上不能进食,因此晚上在腹部怀抱温石以御饥寒,现在将禅修者晚上喝的粥称为药石。

受到了这双手的重量。我的目光转向肩头,在月光下,这双手恍若一堆白骨。

***

金阁之旅结束后,我感到有些心灰意懒。回到安冈后又过了一段时间,我心中的美才慢慢苏醒。这次,它比过去的幻想更美了。我无法道明究竟美在何处。过去,在我的精心呵护下,我的幻想自由生长。之后这幻想遭遇现实,碰了一鼻子灰,现在却愈发肆无忌惮了。

我已不再从目之所及的事物中随兴去追寻金阁的幻影。在我心里,金阁要更深沉、更坚固、更具实际意义。金阁的每一根柱子、火灯窗、屋顶、顶尖凤凰都仿佛可触可感般,随时都能真切地浮现在我眼前。金阁精巧的细节和复杂的全貌遥相呼应,像一段音符携领一整首歌一样,无论取出哪个部分,金阁的全貌便会在我脑海中回响。

"父亲您说的是真的,世上最美的是金阁。"我在给父亲的第一封信上这样写道。父亲把我带回叔父家后,便返回了成生海角那个冷清的寺庙。

不久后,母亲给我发来一封电报,说父亲咳血过世了。

第 二 章

　　父亲过世，我的少年时光也戛然而止。我曾错愕于年少的我竟丝毫不关心周围的人，即使父亲离世，我的内心也毫无悲伤。我现在才明白这并非错愕，而是一种无力的感叹。

　　我从叔父家走到内浦，再乘船沿海湾赶回成生海角，花了整整一天的时间。赶回家时，父亲的遗体已经收殓了。时值梅雨季前夕，太阳炙烤大地，闷热不已。待我急匆匆告别他的遗体后，棺材便被抬往荒凉的海角火葬场，在海边燃为灰烬。

　　对村里人来说，寺庙住持的死可非比寻常。父亲是村民的精神支柱，也是当地信徒身后事的打理人，是他们死后的依托。这样一个人死在了寺院，不由使人感叹他太过尽职尽责。他终日云游四方，传播生死观念，却一不小心在命运的安排下，践行了他毕生传播的往生之法，又不由使人惋叹命运弄人。然而在我看来，因为他走得太过凑巧，反而显得非比寻常。

　　父亲的灵柩放得过于端正，反而营造出一种刻意的感觉。我总感觉母亲、小僧和施主们的哭泣，以及小僧们生硬的念经都是由父亲一手安排的。

父亲的脸埋葬在初夏的花朵里。一簇簇鲜花鲜艳娇媚地令人不寒而栗。若棺材是一口深不见底的井，一朵朵花便是一张张争先恐后望向井底的脸。因为花朵下、井底里，有一副遗容不断沉沦，剩下一张皮囊面向井口，再没有机会浮出水面。眼见遗容，我才明白物质这种存在及其存在方式是多么遥不可及。唯独精神通过死亡被赋予物质的面貌时，我才感受到这一切……我逐渐领悟到为何五月的鲜花、太阳、课桌、校园、铅笔，这一切物质离我如此遥远，使我感到这般陌生。

母亲和施主催我该向父亲的遗体告别了。"告别"这个词暗示着死者尚在生者的世界。死板的我却无法认同这种词汇类比的解释。我没有告别，我只是机械地望着这副遗容。

我只是望着一具尸体，仅此而已。一如我平日里漫无目的、毫无意识的动作一样。这是一种残酷的表达，已足够证明生者的权利。这样的表达是我未曾有过的体验。我不必放声歌唱，也不必四处呼喊。一个少年，只是望着，便体验了生与死。

我将明亮的、不带一滴眼泪的脸庞转向催促我的母亲和施主。我虽常常自觉低人一等，唯独此时面无愧色。寺庙临崖而建。烈日悬挂在空，云层遮住了日本海，挡在前来吊唁的人身后。

起龛出殡时，我加入了读经的行列。正殿阴暗昏沉，挂在柱上的幡、横梁上的璎珞、香炉、花瓶在摇曳的烛火下发着光。海风不时钻进佛堂，吹鼓了我的僧衣下摆。从窗外云层中传来的烈日光线刺痛着我的眼睛。

走出佛堂,高高在上的太阳好像也在蔑视我似的,发出炫目的光束,片刻不停地抽打着我的侧脸……

再转过两个街口便能到达火葬场时,突降大雨。幸好走到了一位好心的施主家门前,棺材和我们才可一道避避雨。雨没有要停的迹象,但出殡队伍却不能停下,于是大家穿好雨具,给棺材铺上油纸,继续向火葬场前行。

火葬场在村庄东南的狭长海岸线上,遍布着石子。自古以来,在这里火化的烟都飘不进村子。

岸滩险象丛生,波涛澎湃汹涌。海浪摇摇欲坠积聚成形,遇上海岸后又落荒而逃。冰冷的雨水无情地刺入翻滚的大海,又随着暴戾的海风拍打荒凉的岩壁。白色的岩壁瞬间被染成一片墨色,好像是在白色的画布上打翻了墨水瓶似的。

队伍一行穿过隧道,来到海岸边。在小工们准备火化仪式的间隙,一行人躲在隧道里避雨。

眼前没有海景,只有汹涌的海浪、被拍打的黑石和墨色的雨点。浇过油后的棺材在海岸边任凭风吹雨打,其上木纹却更显光泽。

点燃火后,火苗的怒气仿佛连暴雨也无法抑制似的一个劲儿地往上窜。因为施主们一早备好了足量的油,火苗得以逆雨而上,抽打着雨滴发出噼里啪啦的声音。火苗的浓烟飘向岩壁,在白昼的背景里,滚滚的浓烟,化作透明的形态。暴雨中,仿佛只剩下优雅的火焰一点点地窜入天空。

突然,耳边传来了可怕的炸裂声,棺材盖竟自己弹开了。

我看了看母亲。她手握佛珠站在我身旁,僵硬的脸扭曲不已,窄得仿佛可以攥入手中似的。

***

我遵照父亲的遗言来到京都,剃发当了金阁寺的弟子。由于学费是道诠住持替我交的,所以我要负责打扫寺院并照顾他的日常起居,其实和在俗学仆没有本质的区别。

我进了寺庙后便留意到一件奇怪的事:烦人的宿舍管理员都被抓到了军队,寺里只剩下老人和小孩儿。从某种角度讲,我来到这里后感到如释重负,因为这里的人都一样,他们不会嘲笑我是和尚的儿子。但有一点我和其他人不一样——结巴。

田山道诠和尚替我操办一番后,不到一个月,我便从东舞鹤中学转学到临济学院中学。距离开学不到一个月时,学校发出通知,要求所有人开学后便动身前往工厂劳动。出发前,我将迎来这新环境里长达数周的暑假。这个暑假是我服丧的暑假,也是昭和十九年(1944)、战争接近尾声时的一个死寂的暑假……虽说寺院弟子的每一天都过得很中规中矩,但回想起来,那毫无疑问是我一个,也是最后一个无拘无束的暑假。那年暑假时听到的蝉声至今还萦绕在我耳边。

上一次见到金阁时还是和父亲一起,算来已时隔数月。再见金阁的那晚,它正安静地端坐在暮夏的光芒中。

我的脑袋和刚剃发那会儿一样,还露出些青色。空气紧贴头皮使我感到危险。我担心这层轻薄、敏感且易伤的头皮无法将我脑海中所想之事与外界隔绝开来。

每当我抬起这样的头仰望金阁时,它不仅映入我的眼帘,甚至渗入了我的大脑。这颗脑袋在夏日阳光的照射下发热,在傍晚微风的轻抚下又变凉。

"金阁啊,我终于住在你身旁了。"我放下手中扫帚,暗暗说道,"你也不必急于现在,请在将来亲近我,向我吐露你的秘密,向我展示你那美轮美奂的真实面貌。你的美近在眼前,却又远在天边。若这世上再无他物可与你媲美,请告诉我你为何如此美,又为何不得不美?"

那年夏天的金阁,从战场上不断传来的讣告中汲取养分,在黑暗世界里汲取精华,更显光鲜夺目。美军在六月登陆塞班岛,同盟国军队驰骋于诺曼底战场。金阁的访客数量骤减,它却仍旧静静地享受着这种孤寂。

战乱、不安、横尸遍野、血流成河丰富了金阁的美。金阁本就是由不安支撑,是以一位将军为首的众多心怀恶意之人策划修建的。在美术史家眼里,所谓的楼阁式设计不过是不同样式的折中、拼凑,于是金阁集各种不稳定因素于一身。若以某种稳定的样式构造而成,金阁将无法承载种种不稳定因素,最终崩塌,剩下残垣断壁。

即便如此,当放下手中的扫帚仰望金阁时,我依然会被它的神秘所折服。不知从何时起,我对金阁的情感有了变化。金阁给我的感觉再也不只是那一晚我和父亲停留在镜湖池旁的感觉。我却也很难说服自己相信,在今后漫长的时光里,金阁会经常出现在我眼前。

在舞鹤湾时,我只要幻想便能感到金阁一直都在京都一角。但我搬来此地后,我若不看,便感受不到它。我总提心吊胆,担心金阁在我去正殿歇息后凭空消失。因此,一天中,我常来来回回,只为确认金阁还在。为此,我遭到不少其他弟子的嘲笑。我越看越觉得金阁神秘,以致我刚看过金阁,折回的途中还没来得及走到正殿,金阁的神秘感又萦绕在心头,于是赶紧回头确认金阁确实还在原处。我怕金阁像欧律狄刻[①]一样,转瞬便不见了踪影。

某日,我在金阁附近打扫时,不堪酷暑,溜至后山,沿着小路登上了夕佳亭。这会儿还没开园,四下寂静无声。大概只有舞鹤航空队之类的战斗机编队滑过金阁上方的低空,留下声声低沉的轰鸣。

后山有一片水藻覆盖的沼泽地,叫安民泽。池中有个小岛,岛上立着一座五重石塔,叫白蛇冢。清晨时分,这一带的树林不见群鸟身影,却会传来喧嚣热闹的鸟啼声。

[①] 古希腊神话中俄耳甫斯的妻子。欧律狄刻被毒蛇咬后进入冥界,俄耳甫斯在将妻子带回人间的途中忘了冥王的嘱咐,转过身看向妻子,欧律狄斯因此永远堕入了冥界。

沼泽前方，青草郁郁葱葱。小径两旁的低栅栏将草地和小径泾渭分明地划分开来。草地上躺着一个身着白衬衣的少年。在他身旁有一棵矮枫，立着一把竹耙。

少年突然翻身而起，打破了夏日清晨寂静的氛围，看了我一眼，说道："什么啊，原来是你！"

他叫鹤川，我们昨晚刚认识。他的老家在东京近郊的裕福寺，家里很富裕，常给他寄来学费、零花钱和粮食。刚好家里和道诠住持又有些渊源，便把他送来金阁寺体验修行生活。鹤川暑假时回了家，昨晚提前回到寺里。他今年秋天也会就读临济学院中学，将成为我的同学。我在昨晚已经见识过他那流利的东京话和爽朗的性格了，令我这会儿不由地胆怯起来。

再加上他又对我说了那么一句话，我竟不知回答什么好。然而，我的沉默好像被他解释为了责备。

"没必要。真没必要那么认真地打扫。反正人来参观了也会弄脏，再说也没什么人参观。"

我笑了笑。无意识流露出的一丝笑意，好像竟成为我们亲密关系的开端。我知道，我无法掌控自己的表情。但我不知道，我的细微表情会给别人留下什么印象。

我跨过栅栏，坐到鹤川身旁。他恢复了刚才的躺姿，双臂抱头。他的手臂外侧晒得很黑，内侧却雪白晶莹，几乎能透过雪白的肌肤看到青色的静脉。清晨的阳光透过树丛洒在薄薄的青草上，落下纷乱的暗影。直觉告诉我这个少年不会像我一样深爱金阁，因为我一直一厢情愿地认为我的丑陋导致了我对金阁的执着不已。

"听说你父亲去世了？"

"嗯。"

鹤川转了转眼珠，毫不隐藏少年沉迷于推理时的样子。

"你之所以那么喜欢金阁，是因为看到金阁就能想起去世的父亲，是吗？因为你父亲也很喜欢金阁。"

他的推理说中了一半。我的神情没有任何变化，内心却对此很是满意。像所有喜欢制作昆虫标本的少年一样，鹤川很喜欢在漂亮的小抽屉里分门别类地整理好人的感情，并不时打开抽屉拿出其中一两样进行实地考察。

"父亲过世对你造成不小的打击吧，所以你总是很孤单。我昨晚第一次见你就这么觉得了。"

我对鹤川并不反感。听到他说我孤单，我反倒倍感安心自在，说话也不结巴了，流畅地答道：

"谈不上什么打击。"

鹤川抬起了纤长的睫毛，看了看我。

"是吗？那你怨恨你父亲吗？至少不喜欢，对吧？"

"没有怨恨，也没有讨厌……"

"这样吗？那你为什么不难过呢？"

"不为什么，没有为什么。"

"那我就搞不明白了。"

鹤川遇上了难题，又一屁股坐回到草地上。

"难不成因为你有更悲伤的事？"

"有吗？我也不清楚。"

我含糊其辞地答道。说罢，我又反省自己为何容易使人产生疑惑。有些事情于我本无足轻重，根本算不上疑问。我对这些事早已有了答案。我的感情也"结巴"，总在关键的时候缺席。父亲去世这件事和被称作悲伤的感情，像是两条平行线，各自孤立、互不侵犯且毫无瓜葛。若时间不能对得正好，我的反应稍有一丝一毫的迟缓，我的感情和现实事件从此以后都将各自为营。若我感到悲伤，这悲伤不会是因为某个事件的触动，它没来由，无动机，只会突然袭来……

可我又没能将这一切解释给新朋友听。最后，鹤川笑了起来。

"是吗？你可真奇怪。"

少年的腹部像白浪般起伏。阳光透过枝头落到了他的小腹上随之舞动。我看着这一切，感到很幸福。我的过往虽然像他的白衬衫一样皱皱巴巴，然而此时这件衬衫却闪着如此耀眼的白光……或许，我也可以？

禅寺不问俗世，只按规则运转。因此，夏天我们五点前必须起床。在禅寺里，起床叫作开定。开定之后第一件事便是读经，佛教有三时回向，因此经文要念三遍，再之后是打扫房屋擦地板。待这一切结束后，我们才吃早饭，称为粥座。

喝粥前，要先读《粥座经》："粥有十利，饶益行人，果报无边，究竟常乐。"饭后除草、打扫庭院、劈柴。若是在上学期间，我只有完成了这些常规工作才能去上学。放学回到寺里便是药石时间，偶尔在药石后会有住持讲解禅宗经典讲义。九点开枕，即开被安枕就寝。

这便是我的日常生活。每日起床的信号是轮厨典座①那响彻寺院的摇铃声。

金阁寺，或叫鹿苑寺，本来有十二三个人。由于应召入伍或国家征召成年男子，所以寺里只剩下七十多岁的导游和检票人，六十多岁的厨娘、管家和副管家，以及我们三个弟子。剩下的老人终日半死不活，就像身上长了青苔一样。管家也称副寺②，每天忙于会计业务。剩下的我们呢，说是少年，其实就是一群孩子。

过了几天，我被安排往住持（我们都称他为老师）的房间送报纸。送报纸的时间一般是在晨课和打扫工作结束之后。因为时间紧张，人手又不足，加之寺院足有三十个房间，大家打扫走廊难免有些敷衍了事。一次，我从正门取了报纸，穿过来客禅间的前廊，围着客殿背后绕了一圈，又走过悬廊，来到老师所在的大书院前。负责打扫的人怕太快晾干似的倒了足有半桶水，一路上湿漉漉的，打扫得也马马虎虎，导致地板的凹陷处积满了水，积水处在夏日清晨阳光的照射下闪着金色的光。虽然积水打湿了脚踝，但我的心情却很舒畅。按规矩，到大书

---

① 亦作"典坐"，僧寺职事名。掌管大众斋粥之事。
② 禅宗六知事之一，在禅寺辅佐监寺长官出纳等工作。

院拉门前必须跪下,要说一句"打扰您了"。从老师应声到我进入房间这段时间,我会迅速用僧衣的下摆擦干湿脚,这是别人告诉我的秘诀。

进入房间后,我猛地嗅了一大口印刷墨水散发出的强烈世俗气味,再迅速偷瞟一眼报纸上新闻的大标题,随即离开房间。这次我看到标题上写着:"帝都或将惨遭空袭"。

我过去常幻想一些不可思议的事,却从未将金阁和空袭联系在一起。塞班岛既已沦陷,不难想象本岛也可能遭受空袭。京都部分地区已经开始强制疏散了。即便如此,在我脑海中,竟从未想过金阁这个近乎半永恒的存在会和空袭的灾难有丝毫的联系。拥有金刚不坏之身的金阁和科学世界里的火,就像两个世界里的不同物质,即使相遇,也只会相互躲闪,永不会有交集……然而,事实上,金阁也可能会撞上空袭的烈火,被燃烧化为灰烬。而且照当前的形势发展下去,金阁一定会被化为灰烬。

……自这样的想法在我脑海里萌生后,金阁便又增添了几分悲剧色彩的美。

开学前一天,是夏日的最后一个下午,趁着住持和副寺出门办法事,鹤川邀我去看电影。但因为我没有看电影的兴致,鹤川便也没了兴趣,他总是这样。

于是,我们有了一下午的闲暇时间。我们用护腿套卷起卡其色的长裤，戴上印有"临济学院中学"字样的帽子，走出正殿。炎炎夏日里，寺院里没有游客参观。

"去哪儿玩玩吧。"鹤川说。

我回答说，出发前想再去仔细看看金阁，因为明天的这个时候便看不了金阁了，说不定哪天金阁遭空袭被烧毁了……我结巴地说。鹤川面带错愕，焦躁地听完了我磕磕巴巴的解释。

我好不容易说完，大颗汗珠早已渗出脑门，好像刚才说了什么自感羞愧的话似的。除了鹤川，我从未向任何人敞开心扉吐露过我对金阁这份格外执着的感情，可他给我的回应却只有焦躁。我对此早已见怪不怪，因为所有努力想要听懂我磕磕巴巴讲话的人，他们的脸上常会有这种焦躁的表情。

这张焦躁的脸此刻正对着我。当我敞开心扉倾诉秘密，倾诉我对美的感动，掏心掏肺地表达自己时，得到的回应却总是这样一张脸。一般情况下，人们不会轻易向他人显现出这样一副表情。那样的脸就像一面使我感到恐惧的镜子，透过它，我的焦躁会滑稽却又无比真实地显露在眼前。如此，无论对面的脸多美，都将会变得像我一样丑陋。面对这面镜子时，我想表达的一切，我所重视的一切，会瞬间支离破碎、毫无价值。

夏日的阳光如此晃眼，无情地横亘在我和鹤川之间。他的脸在太阳下闪闪发光，睫毛好似一道道燃烧时向上盘旋的金光。从他鼻孔中不时冒出的热气，像在催促我赶紧结束我的讲话。

怒气冲进了我的脑袋,因为自从我们相遇,鹤川便从未嘲笑过我的结巴。

"怎么,不行吗?"

我质问鹤川。我以前也反反复复讲过,相比同情,我更喜欢嘲笑和侮辱。

这时,鹤川的脸上浮现出我从未见过的温柔的微笑,回答道:

"但是,我这个人吧,从来不会在意这些理由。"

我非常错愕不知说什么好。在农村长大、没受过什么正规教育的我,从未有过这样的温柔感受。鹤川教会了我,即便我结巴,我依旧是我。刹那间,毫无掩饰、亦无负担的我"赤裸裸"地出现在一个人面前,全身上下充斥着一种未曾体验过的快感。他的双眼"过滤"了我的结巴,他真正地接受了我。过去我曾深信不疑:若我的结巴遭到无视,我的存在也将因此而被抹杀。

……和谐与幸福丰富了我的情感。因此,那天的金阁时时萦绕在我的心头,使我长久难以忘怀。我和鹤川穿过打着盹儿的售票老人,沿着栅栏急行,经过杳无人影的寂静小道,最终来到金阁前。

……时至今日,那天的情景依旧历历在目。两个身着白衬衣的少年,肩并肩地站在镜湖池畔。金阁就在他们眼前。

最后的一个夏天,最后的一个暑假,最后的一天……我们的青春站在绚丽多姿的这头,金阁站在另一头。它正对着我们,与我们进行了一场无声的对话。可能出现的空袭,反而拉近了我们和金阁之间的距离。

暮夏时节,四下里一片寂静,光束紧贴着究竟顶屋顶的金箔,径直地倾泻下来。金阁内部却充斥着夜晚的黑暗。过去,这座建筑以不朽的时间压迫我、疏远我。当燃烧弹的火焰扑向它时,它的命运才会靠近我。或许它会先于我们化为灰烬。那时,它便同我们一样,活在了生的世界里。

群山环绕金阁,山上种满了红松,松上的蝉鸣包围着金阁。蝉声仿佛无数藏于山间的僧人般齐声诵起了《消灾吉祥神咒》①:"佉佉。佉呬佉呬。吽吽。入嚩啰。入嚩啰。钵啰入嚩啰。钵啰入嚩啰……"

我想,恐怕过不久,美丽的金阁将毁于一旦。这样想着,仿佛透过细绢临摹而成的临摹画和原画一点点重合起来一般,我的幻想世界中的金阁和现实世界里的金阁的每一个细节也渐渐重合:屋顶对屋顶,伸向池面的漱清对漱清,潮音洞的栏杆对栏杆,究竟顶的火灯窗对火灯窗……金阁不再是一动不动的建筑,而是化身成了虚无的象征。这样一来,现实世界里的金阁便丝毫不逊于幻想世界中的金阁了。

明天便是空袭的日子。到时候,天降火雨,金阁纤细的柱子、有着优雅曲线的屋顶将在熊熊大火中化作灰烬,我将再也见不到它。但此刻,金阁依然以精致端庄的姿态,沐浴着金色火焰般的阳光,怡然自得。

---

① 佛教徒《早晚课诵集》中十小咒之一,出自《佛说炽盛光大威德消灾吉祥陀罗尼经》,由释迦牟尼佛于净居天上所讲,唐代不空三藏大师汉译。

远方的山脊线上，高挂着一团沉重的乌云，让我回想起父亲枕经①时刺得我眼角发疼的云层。积蓄在云絮里的阳光正俯视着这座精致端庄的建筑。在如此强烈的暮夏阳光中，金阁已丧失了细节的韵味，只是寂寞地包裹着内部的阴冷和黑暗，以神秘的轮廓拒绝着四周闪闪发光的世界。唯独屋顶的凤凰不受太阳的诱惑，依然竖起锋利的爪子，紧紧抓着脚下的台座。

鹤川厌倦了我对金阁长久的凝视，以华丽的姿势将脚边的小石子扔进了镜湖池，不偏不倚地击中了金阁的倒影。

波纹推着水面的水藻向四周散开，这座绝美且精致的建筑于弹指间坠落崩塌。

***

战争结束的前一年，是我和金阁最亲密的一年。我时刻牵挂金阁的安危，终日陶醉于金阁的美。我将金阁从神坛拉下后，终于能在这段时间以无畏的心情全心全意地爱它。那时金阁还未对我产生消极影响，也可以说，我还未受其毒害。

我和金阁同在这个世上，面临着同样的危机。这样的想法使我振奋。我终于找到了连接我和美的桥梁，并在我和拒绝、排挤我的世界间架

---

① 佛教用语，指人死后未入殓前，于其枕旁诵经。

起了这道桥梁。

我沉醉于熊熊燃烧的大火,幻想火海将吞噬金阁。金阁虽坚固又华美,却同我的肉体一样是由易燃的碳元素构成。在面临相同的灾难,在同样的厄运之火面前,金阁与我同属一个时空。我突然明白了逃窜的盗贼为何会为了藏匿赃物而吞下宝石。现在我也愿意效仿他们,将金阁吞入身体,进入我的脏器,身藏金阁出逃。

想想我这一年的生活吧。我诵不进经、读不进书,只在修身①、军事训练和武艺中,在工厂和避难疏散的间隙中荒废每一天。这样的生活助长了我爱幻想的性格。战争拉远了我和人生的距离。对少年而言,战争就是一场梦,一场急匆匆而又缺乏实质体验的幻想,又仿佛是一间失去人生意义的隔离病房。

昭和十九年十一月,B29轰炸机首次空袭东京。那时,我开始幻想明天京都也将遭空袭。我暗暗祈祷大火烧毁这里,因为这座京城千百年来都未曾改变过容貌,始终守护着身处其中的陈年旧物。众多神社佛寺也得以过早地遗忘了战争,淡忘了大火后荒凉的废墟。一想到"应仁之乱"后这座城市荒芜的景象,我就不由地感到不安,京都已太久遗忘战火,以致失掉了原有的几分美好。

明天,金阁便会毁于从天而降的大火,其占据这片空间的形态也将分崩离析。明天,屋顶的凤凰将化身不死鸟,起死回生、展翅高飞。

---

① 第二次世界大战前日本中小学根据《教育敕语》开设的课程,目的在于对国民道德进行实践指导。

明天，长久禁锢于一个形态中的金阁也将挣脱束缚，出现在湖面上、暗潮中，发着微光，飘向天际，无处不在……

然而，无尽的等待后，我还是没能等来一场空袭。次年（1945）3月9日，我听说东京平民区再遭空袭，已化为一片火海。然而，灾难似乎离京都过于遥远，它的上方没有轰炸机，唯有一片早春的明亮天空。

我几近绝望地等待着。早春的天空好似玻璃窗一样隔绝了我的视线。我却坚信玻璃窗内隐藏着火海与破灭。前文已述，我对人没什么兴趣。父亲的死、母亲的贫穷几乎未曾给我的内心世界带来一丝波动。我成天只幻想着一台覆盖整个天空的巨型压榨机从天而降，摧毁世间所有物质和善恶美丑。我幻想灾难，幻想悲惨结局，幻想发生全人类的悲剧。伴随我的幻想，早春的天空在我眼中化作一把覆盖大地的巨斧，透过云层的璀璨光束成为巨斧发出的寒光。我只需静候巨斧在刹那间落下，不给人留下反应的时间。

有件事我一直想不明白：我的思想本非阴暗，我所关注的、所面临的难题无非只关乎美。我也并不想将思想上的变化归咎于战争的爆发。然而若一个人一味地追求美，不知不觉中他将触及世上最黑暗的部分。人生来如此。

我想起了战争接近尾声时发生在京都的一件趣闻。这件事说起来的确匪夷所思，目击者除了我还有鹤川。

五月的一天，全天停电休息，我和鹤川一同前往未曾到访过的南禅寺。我们横穿汽车道,走上架在倾斜托运道①上的木桥。

那天天气晴朗。倾斜面上的托运道早已废弃,用于搬运船只的轨道上布满铁锈,几乎淹没在杂草丛中。杂草丛中点缀着一朵朵在风中微微颤动的十字形小白花。沿着轨道直至斜面凸起处,都能望到死气沉沉的污水沿着铁锈向下流淌,直至浸湿了岸边一排刚冒出新叶的樱树影子。

我们站在小小的木桥上,漫无目的地眺望水面。这段时光就像偶尔瞥见的云层间的一抹蓝天一样,散落在我记忆的角落。但在有关战争的各种回忆里,唯独这种毫无意义的时光使我印象深刻。在这短短的时间内,无须刻意做什么,我便倍感安心。这消磨掉的无意义的时间,和切身感受到的快乐一起,真切地停留在我的记忆里,想来真是不可思议。

"真好啊!"我什么也没想,笑着说道。

"嗯。"

鹤川望着我笑了。过去的两个小时,不受别人打扰,是属于我们自己的时间。

铺满沙砾的大道旁,有一条水渠,流淌其间的水清澈见底,轻轻摇动的水草身姿曼妙。走了一会儿,南禅寺的山门映入眼帘。

寺内空无一人。绿荫环绕这座寺庙。塔尖砖瓦露出一个尖,像在一片泛青的书山中冒出了头。战争在这瞬间意味着什么?我想,所谓战争,不过是在特定的场所、特定的时间下,仅存在于人类意识中的

---

① 铺设在水位高低落差大的水道上用于搬运船只的设备。

奇怪精神事件罢了。

相传，石川五右卫门①就是在这座寺庙脚踩栏杆将繁花尽收眼底。如今，樱花虽已凋零，我和鹤川依旧打算效仿五右卫门登顶佛塔，踩着栏杆，一览美景。门票不贵，付完钱后我们登上了木制斜梯，经过岁月的洗涤，木头早已发黑。斜梯很陡，一路向上蜿蜒，中途停在了舞台处。这里的顶棚很低，鹤川一不留神便迎头撞了上去。但前一秒我还在笑他，下一秒我自己也撞上了。两人沿着斜梯绕了一圈后继续攀登，终于登顶。

攀登过程中，狭窄的斜梯使人感到局促。登顶后，一片广阔的景象呈现在我们眼前。置身斜梯时的紧张感瞬间消失了，让人感到很惬意。放眼远眺，近处是一片樱绿松青的林海，其后的住宅鳞次栉比，平安神宫绿树成荫，京都市郊外岚山若隐若现，北边的贵船山、箕浦山、金毗罗山绵延不绝。待尽情领略美景之后，我们回归寺庙弟子的身份，脱下足履，恭敬地进入内堂。这里是五凤楼，佛堂内光线昏暗，铺了二十四叠榻榻米，释迦牟尼佛像摆在正中央，十六罗汉的金色瞳孔在昏暗的佛堂内光芒四射。

南禅寺与金阁寺虽同属临济宗②，却截然不同。金阁寺属相国寺派，

---

① 传说安土桃山时代的大盗。相传1594年他和儿子一起被处以釜烹刑。歌舞伎《楼门五三桐》等许多作品均以他的事迹题材创作。
② 禅宗的一派。开山祖为唐临济义玄，后分为杨岐、黄龙两派。宗风严厉，重视公案修行。在日本，始于镰仓初期入宋的明庵荣西传播黄龙派禅法之时，后于镰仓、室町时代最盛。室町幕府时设五山之制加以保护。

南禅寺则是南禅寺派的祖山。虽是同宗异派,我和鹤川却并不在意这些,只和普通中学生一样,手拿着导游手册四处闲转,观赏着头顶据传为狩野探幽①和土佐法眼德悦②所作的顶棚饰画。

一幅顶棚饰画上画着一个飞翔的天人和琵琶、笛子,另一幅画着手捧白牡丹、展翅高飞的迦陵频伽③。迦陵频伽是只居住在天竺雪山的妙音鸟,其上半身是个丰腴的妙龄女子,下半身为鸟。正中的顶棚上画有一只凤凰,它与威严的金阁凤凰没有一点相似之处,华丽得像一弯彩虹。

在释尊像前下跪合掌后,我们起身走出了佛堂。但我们对眼前的美景仍恋恋不舍,遂倚靠在斜坡上升中段、侧面朝南的栏杆上眺望远方。

或许是顶棚饰画的丰富色彩还残留在我的视神经上的缘故,我感觉自己置身于一个美丽的彩色旋涡中。这种感觉恰如沿着洞孔窥见了藏匿在绿叶青松间的迦陵频伽,其彩翅在我眼里逐渐凝成一个洞孔般大小的彩色的点。

事实却并非如此。不久,道路对面的天授庵映入我的眼帘。庵内有个庭院,院中简单地种着一些灌木。一条由方形石头拼接铺成的曲径蜿蜒盘旋地穿过朴素的庭院,通向一间宽敞的榻榻米客厅。房间

---

① 1602—1674。江户初期画家,京都人,本名守信。德川幕府的御用画家,在锻冶桥受赐一块宅地,成为锻冶桥狩野家的创始人。代表作有名古屋城上洛殿隔扇绘和《东照官缘起绘卷》等。
② 生卒年不详。土佐派画师。土佐派于中世纪到近代成为大和绘代表画派,之后随着狩野派兴盛而衰败。
③ 梵语,意为妙音鸟。想象中的鸟,在雪山或极乐世界以优美的声音鸣唱。上半身为美女,下半身为鸟。以其美妙的鸣声形容佛音。

的拉门敞开着，可以看到里面的壁龛①和高低搁板②。按理来说，这里本应摆一些供茶、茶席用具，这间客厅却铺上了一块鲜艳的绯红毛毡，上面坐着一个妙龄女子，身着华丽的长振袖和服。这就是我看到的场景。

一般来说，战争期间很难看到这般华美的和服。这振袖太过华丽，若穿上它出门，必定会在路上遭人指责，被迫回家换装。我虽看不清振袖上的花纹，但能看见其蔚蓝色的基色上缝缀着朵朵彩花，绯红的腰带饰以耀眼夺目的金丝。毫不夸张地说，这振袖照亮了四周。振袖的主人坐姿端庄，雪白的侧脸光彩夺目，甚至使人怀疑她是否是从画中走来。这种惊讶加重了我的结巴，我磕磕巴巴说道：

"那……真的是活物吗？"

"我也不知道，她像极了人偶。"

鹤川的身体已经完全压在了栏杆上，脑袋拼命向前伸，目不转睛地盯着天授庵的方向。

话音未落，一个身着军服的年轻陆军军官出现在我的视线中，他随即端坐在女人前方。两人一动不动，面对面相隔一两尺坐着。

不一会儿，女人站起身来，静静地消失在走廊的黑暗中。过了一会儿，女人捧着茶碗回来了。微风轻拂着她的长袖。女人在军官面前按照茶道礼仪为他献上茶后，就坐回了原先的位置。军官张口说了些

---

① 设于日式房间正面上座背后，比地面高出一阶，可挂条幅、放置摆设、装饰花卉等。

② 多宝格式橱架。在壁龛或客厅柱子间等处所设置的交错搁板。

什么，却不曾动茶。时间像静止了一般漫长，气氛似乎极其紧张。女人深深地垂下了头……

不可思议的事发生了：女人摆正姿势，解开衣领。我几乎听到了腰带滑落时摩擦丝绸的声音。雪白的乳房映入我的眼帘，我倒吸了一口凉气。女人用手托出了一只雪白丰腴的乳房。

士官捧着暗色茶碗，膝行至女人前方，女人随即用力挤那只乳房。

晶莹温润的乳汁流入暗色茶碗里，融入冒泡的褐色茶水中。待一切结束，女人的乳头上还挂着几滴乳汁。茶水表面依旧静静地冒着热泡，却因融入白色乳汁而显得浑浊不堪。这一切就像发生在我眼前一般。

男人高举茶碗，将这杯神秘的"茶"一饮而尽。女人随后藏起了那只乳房。

我和鹤川伸长脑袋看入了神。待这一切结束后，细细想来，我们深觉这应是身怀士官孩子的女人和即将驰骋沙场的男人间的告别仪式。沉浸在感动中的我们，当时竟想不出其他任何的解释。我们看得太过入迷，甚至没有注意到男人和女人已离去，只剩下那块绯红毛毡寂静地躺在原处。

我看到了美若画像的雪白侧脸和无与伦比的雪白乳房。女人离去后的那一整天，以及之后的一天，乃至再后来，我陷入了一种执念。这种执念告诉我，那天我看到的女人就是起死回生的有为子。

第 三 章

父亲的周年祭到了。由于我被派去工厂劳动无法返乡，母亲便突发奇想，说要抱着父亲的牌位上京都来，请田山道诠住持为去世的旧友诵经，哪怕几分钟也好。母亲写给住持的信上表明，自己没钱，希望和尚能念在旧日情分应允。住持答应后转告了我。

我听了却并不开心。我在前文中刻意省去了有关母亲的篇幅是有原因的，因为我打心底不愿提起她。

那件事发生以后，我从未责备过母亲一句，甚至半句都未曾提起过那件事，而且猜想母亲还没注意到我已知道。可自它发生后，我就再也无法原谅母亲。

我上东舞鹤中学后，一直借住在叔父家。那件事发生在第一学年的返乡暑假。母亲家有个亲戚叫仓井，因为在大阪做生意失败回到了成生海角。入赘的他在妻子消气前回不了家，走投无路之下只好借住在父亲的寺庙里。

寺庙里蚊帐很少，我不得不和母亲以及身患结核病的父亲共用一张蚊帐，连我都感到惊诧我和母亲竟未因此染病。现在，这张蚊帐下还要挤上仓井。我记得那是一个夏日深夜，蝉沿着庭木四下飞动，不时发出短促且疲惫的鸣叫。我被这蝉鸣吵醒后听到潮水声起，眼见海风卷起了泛黄的蚊帐下摆，感到蚊帐震得不同寻常。

蚊帐在即将鼓起时又垂了下去，不情愿似的摇动着，因此它摇动的形状，并非随风摆动。这时的风，像泄了气的皮球一样失去了棱角。蚊帐下摆扫过榻榻米，发出风吹竹叶时细碎的声音。然而这时一阵并非风造成的动静传至蚊帐内，它比风更细微，像涟漪扩散般布满整面蚊帐，粗糙的蚊布也因此轻轻抖动，从里面看蚊帐仿佛是一片长满不安的湖面，不知蔓延开来的涟漪是远方船只激起的浪头，还是已漂远的船留下的余波……

畏畏缩缩望向涟漪源头的我，瞬间感到有千万根尖锥扎入了我在黑夜中睁大的双眼。

蚊帐下的空间对四个人来说太过拥挤，睡在父亲身旁的我，一不小心翻个身便能将他挤到床边。因此，我和扎入我双眼的东西间，仅隔着满是褶皱的白色床单的距离。在我身后，父亲蜷着身子，他的呼吸吹到了我的脖子上。

我之所以察觉到父亲已经醒来，是因为他强忍咳嗽时吹到我脖子上的呼吸越发不规则。忽然，在十三岁的我睁大的双眼前，出现了一双温暖而宽厚的手，挡住了我的视线。眼前只剩一片漆黑，我立马明白是父亲从我的身后伸出了双手，捂住了我的双眼，替我挡住了尖锥。

至今，这双手仍使我难以忘记。这双宽大的手掌，忽地从背后伸到我眼前，替我挡住了地狱。这双来自其他世界的巨掌，斩断了我和我不小心触碰到的地狱的联系，将地狱葬在黑暗里。它的出现可能是出于爱，也可能是出于慈悲，抑或是出于屈辱。

我在这双手中点了点头，于是父亲立刻察觉到了我的谅解，遂与我达成一致，移走了这双手……我遵循手掌的意志，在手掌移开后依旧紧闭双眼，直至眼睑感受到窗外洒入的微光，才知道自己熬过了一个不眠之夜。

——不要忘记我匆匆赶回成生海角，在父亲出殡时望着他的遗体却未曾留下一滴眼泪的场景。随着父亲的死去，我和这双手便再无瓜葛。也不要忘记我望着父亲的遗容，确认自己还活着时的冷漠。我未曾有一刻忘记要报复父亲那温暖的双手，也不曾忘记要报复曾给予我的爱。然而，我虽无法原谅母亲给我留下这段沉痛的记忆，却从未有过报复她的念头。

……母亲在忌日前一天会来金阁寺住一宿。母亲寄给住持的信里还写道，希望忌日当天我能从工厂请一天假。劳动本就不安排住宿。为此，忌日前一晚回金阁寺时，我倍感烦闷。

单纯善良的鹤川为我能同阔别已久的母亲相会感到高兴，寺里其他弟子对母亲前来一事也颇感兴奋，我却万分憎恨贫贱寒碜的母亲，也编造不出不见她的理由。鹤川在工厂劳动结束后，匆匆向我跑来。

"快，咱们跑回去。"他抓着我的手腕说道。

我并非一点也不想见母亲，也不是不想她，或许因为我厌恶露骨地表达骨肉亲情，并总是为这种厌恶寻找各种理由。我的性格便是如此。若是给坦诚的感情加上一些理由使之正当化也就罢了，可有时我脑海中编织出的无数理由给我强加上了自己都未曾想象过的情感。而这些感情并非我原本所有。

然而，单就我的厌恶而言肯定没说错，因为我自己就是该被人嫌弃的对象。

"跑也没用啊。我快累倒了，难不成要我拖着脚回去？"

"你是想博取母亲同情，好向她撒娇吧？"

鹤川总是充当我的翻译，只是理解不当，但却成了我无法割舍的、喜欢听其念叨的人。他总能将我的行为解释为善意的行为，将我的语言翻译为这个世界所能接受的语言。谁也无法取代他在我心中的重要地位。

没错。有时我会想鹤川便是那个点石成金的炼金少年。若我是照片的底片，他便是冲洗后的多彩正片。经过他纯洁的情感过滤后，我原本混浊不堪的阴暗情感，就会变为纯洁无瑕、温暖和煦的情感。我屡屡惊诧地看着这一切发生，当我还在犹豫结巴的时候，鹤川的手像移花接木般给我的感情涂上温暖的色彩，再传递给外界。我在惊诧中悟出：仅就情感而言，世界上最黑暗负面的情感和最阳光积极的情感并不是大相径庭的，反而有着同样的效果。杀气腾腾的憎恨和大慈大悲的关怀在外表上并无二致。不过，我明白即便我费尽口舌向鹤川说明这一切，他也不会相信。我所领悟到的虽耸人听闻，却是真理。鹤川在我身边，我便不再恐惧伪善，因为于我而言，伪善不过是一种相对的罪恶。

我被安排去过一次外地工厂，见到了京都未遭遇过的空袭，那是在我拿着飞机零部件购买单去大阪工厂时遇上的。我有幸目睹了一个被炸弹炸出内脏器官的员工被担架抬走的样子。

为何肠子露在外面就一定是悲惨的呢？为何眼见他人的五脏六腑，人们要吓得捂住眼睛呢？……为何流血会给人的视觉造成冲击呢？为何人的内脏是丑的呢？……它们和散发耀眼光泽的皮肤难道不是同种物质吗？……若我告诉鹤川这种试图隐去我的丑陋的想法，他又会有怎样的表情呢？但为何将人当作玫瑰来看待，不再区分内部和外部，就是非人性的呢？若人能像对待玫瑰那样，不停地翻动自身内部的精神和外部的肉体，再将其暴露在阳光下、任凭五月微风吹拂的话……

——母亲一早到后便在大书院和老师交谈。我和鹤川跪在初夏日暮的廊下，说了一声"我回来了"。

老师只让我进了房间，当着母亲的面夸我努力。我几乎没望向母亲的方向，只是低着头看见她的劳动裤膝盖处的藏青棉布已洗得发白，上面放着一双邋遢的手。

不久，老师告诉我们可以回去了。我们鞠了几躬后离开了大书院，回到了我的房间。我的房间在小书院里，是个储物间，有五个榻榻米大小，坐北朝南面向中庭。待到我和母亲独处时，她哭了。

我早料到她会哭，便冷漠地不为所动。

"我已是鹿苑寺的弟子了。希望您在我长大成人前，不要来打扰我。"

"我知道，知道。"

我对自己能对母亲恶言相向沾沾自喜。然而，母亲一直总是不痛不痒地回应着，也不反击，这着实使我心烦。但一想到若母亲跨过界限进入我的世界，我便如芒在背。

母亲的脸晒得黝黑，一双小眼睛陷在眼窝里，显得很狡黠，唯独双唇红润亮泽，像是长错了地方似的。她的两排牙是农村人特有的大而结实的牙。若是城里的女人到了她这个年龄，画上浓厚的妆也不足为奇。我能敏锐地察觉到这张尽最大努力扮丑的脸上，还残留着一丝厚重的肉感，这使我憎恶。

母亲从老师房间退下后，尽情地哭了一场，然后用手帕擦了擦晒红的胸膛。这手帕是分配到的粗制滥造产品，替代棉花的人造纤维闪着粗鄙的光，被汗水沾湿后更显光亮。

我沉默地看着母亲从双肩包中取出给老师送的大米，又从裹了好几层的灰丝绵中取出父亲的牌位，放在书架上。

"谢天谢地，明天是住持来念经。你父亲在天之灵也会感到高兴的。"

"明天忌日过了,您要启程回成生海角吧?"

母亲的回答使我很是意外。她告诉我寺院已经转给别人,剩下不多的田地也卖了,还清了父亲养病时欠的钱,现在她只身一人,打算去京都近郊加佐郡投奔伯父。

我该回的寺庙终于没了!那片荒凉海角的村里,再也没有迎接我的地方。

不知道母亲如何理解我脸上这种获得自由的表情,她随即凑到我的耳旁说道:

"听好了,你现在没了寺庙,今后可得成为金阁寺的住持。你要讨得住持的欢心,坐上他的位置。记住了吗?我可指望靠着这活下去了。"

我惊慌失措地看向母亲,但因为胆怯没能正视她。

房里已经黑了。这位"慈母"离我太近,身上的汗臭味飘浮在我四周。她笑了笑,令我想起遥远记忆中的哺乳和她那浅黑色的乳房。这些景象在我心中翻腾。她那卑微下贱的野心点燃了火,燃烧到肉体,似乎强烈想要控制住我,使我感到胆怯害怕。母亲的两鬓触碰到我的脸时,我似乎看到黄昏下的中庭里,一只蜻蜓停在长满青苔的洗手盆上休憩。小巧的洗手盆围出了一个倒映着夕阳的圆形水面。四下一片静谧,此刻的金阁寺仿佛成为一座寥无人烟的空寺。

我好不容易可以正视母亲了。母亲笑着,光滑的唇边,闪着假牙的金光。我的回答却结巴得不行。

"那样的话……我会被抓进军队……还可能死在战场上。"

"说什么傻话。你这样的结巴都能被军队抓去的话,那日本就真完蛋了。"

我背部僵硬,恨极了母亲。磕磕巴巴说出来的话也不过是一些逃避的借口。

"也说不定金阁会遭空袭被烧了。"

"你别想了,京都才不会被炸。人家美国早就想到这里有金阁了。"

……我竟说不出话了。薄暮给中庭染上大海的颜色,庭院中的石头像经过激战般沉入海底。

母亲丝毫不在意我的沉默,站起身来,望着围着五个榻榻米大小房间的木板门,说道:

"还没到饭点吗?"

——之后想来,这段对话多多少少给后来的我造成了一些影响。若从这时起我才注意到我和母亲生活在不同的世界,那么也是从这时起,母亲的想法开始强有力地左右着我的想法。

命运决定了母亲不会关注绝美的金阁。她和我不同,总对现实的东西有着高度的敏锐。京都会不会遭空袭与我的意志无关,或许母亲毫不惧怕的大火真的不会从天而降。若今后金阁没了空袭的危机,那么眼前我便失去了活着的价值,我所身处的世界也将分崩离析。

我虽憎恨从未料想过的母亲的野心,却也成了这野心的俘虏。现在想来，父亲也有可能是怀着这样的野心才将我送到这里。道诠住持没有家人，若他也是受前人嘱托继承这鹿苑寺的话，我只要有野心，也能像他一样成为鹿苑寺住持的继承人。这样一来，金阁早晚会属于我！

我的思考陷入了混乱。当野心成为我的负担时，金阁遭空袭的幻想又趁机卷土重来；而一旦幻想被母亲的现实判断打破后，野心又重振旗鼓。我东想西想，结果脖根处肿了一大片。

我没去管它，它反倒像在我的脖子上生了根，吊在脖子后侧，重重地拉扯着我，让我发烫。我迷迷糊糊睡到半夜时，梦到佛像纯金色的光圈长在我的脖子上，一点点膨胀直到把我的后脑勺压成椭圆形。醒来才发现，压着我的原来只是脖子上的肿块。

我最终发起了烧，一病不起。住持让我去看外科医生。绑着腿的外科医生身穿国民服，轻轻松松地诊断出我脖子上的肿块为疖子，生怕浪费似的在疖子上抹了些酒精，拿起过了火的手术刀替我切掉了脖根的疖子。

我呻吟着，感到火热且沉重的世界脱离了我的脖根，枯萎了，衰败了……

***

战争结束了。我在工厂里听到停战的诏敕时，想到的只有金阁。

不难想象，回到寺庙后我便匆匆赶往金阁。路上，参观小径上的沙砾经过盛夏阳光的炙烤后，沾满了我运动鞋的劣质胶底。

很多人在听到战败的诏敕后，前去原本空无一人的京都御所前哭泣。东京大概也有很多人去宫城前哭泣吧。京都有大量神社佛阁，想必建造之初便是为了能在人们发泄悲伤情绪时派上用场。战败那天，除了金阁寺，我所到之处，无不人声鼎沸。

炙烤后的沙砾小径上只剩下我的孤影。金阁在那边，我在这边。这一天，从见到金阁的第一眼起，我便察觉到我和金阁的关系已不同于从前了。

金阁凌驾于或是表面装作凌驾于战败打击、民族悲哀之上。过去的金阁并非如此，它最终逃过一劫，今后不必再为战火提心吊胆。经过这一切后的它恢复了往日的骄傲，说道：“我从古至今矗立于此，未来也将永居于此。”

阳光给金阁外壁涂上一层金漆，保护其内部的古老金箔一尘不染。它屹立在绿林青松前，像一个巨型的陈列架，寂静、空洞、毫无意义，却又高贵优雅。放在其中的本应只有巨大的香炉和放眼望不到边的虚无，但它却将一切丢得干干净净，抹去了实质，只在自己的空间里勾出一片空虚的形状。更不可思议的是，金阁不时呈现出的美中，无一能与今日媲美。

金阁超越了我的心象，不，应是超越了现实世界，凌驾于衰落之上，展现出坚不可摧的美！金阁拒绝所有强加的意义，它的美从未像此刻这般璀璨。

毫不夸张地说，看着它的我双腿战栗，额头直冒冷汗。我第一次亲眼见到金阁回到村里后，感觉金阁的细节和整体宛若音乐般遥相呼应、璀璨夺目。然而，此刻的金阁却悄无声息、一片静谧。这片静谧中既没有流动，也没有变化，仿佛连空气也静止了。这片沉寂中，金阁仿佛一段音乐中长久的休止符，存在于响彻云霄的沉默里，屹立在震破苍穹的寂静中，令听者暗然失色。

"金阁和我再无关系了。"我心想，"我的梦想破碎了，和金阁同处一个世界的梦想彻底破灭。跌跌撞撞的我又回到原点，甚至更糟，失去了所有希望。我与美失之交臂，绝望卷土重来。只要世界不毁灭，情况就不会好转。"

战败的感受不外乎绝望。8月15那日的阳光如火焰一般灼烧我的双眼。人们都说所有的价值和意义都没了。在我看来恰恰相反，永恒终于从沉睡中苏醒，开始主张它的权利。永恒低声呢喃，金阁将流芳百世。

永恒从天而降，顺着我们的脸，到手，到胸腹，一步步将我们埋葬。可恨的永恒……没错。战败这一天，我长久地听着四周群山永不停歇的蝉鸣，仿佛从中听见了永恒的诅咒。我被这诅咒钉在了金色的墙上。

那晚开枕读经前，为了祈祷天皇陛下身体安康，悼念亡者灵魂，全寺特意念了一段长经文。开战以来，各宗各派都穿着朴素的小袈裟。

今晚老师却刻意换上了长时间未穿的红五布袈裟。

老师的圆脸依旧像每条皱纹都被细细熨过一般,气色也一如既往的好,整个人显得怡然自得。酷暑下,我们身上衣服摩擦时的窸窣声送来阵阵凉意。

读完经后,全寺被叫去老师的居室,听他讲课。

老师那天选的公案是《无门关》①第十四则《南泉斩猫》。《南泉斩猫》也出现在《碧岩录》②第六十三则《南泉斩猫儿》和第六十四则《赵州头戴草鞋》中,自古以来便被视为一桩难解的公案。

话说中国汉唐年间,池州南泉山有一高僧,名普愿禅师,因山得名,人称南泉和尚。

一日,全寺正要出门割草时,一只小猫突然闯进寂静的寺里。好奇的众僧纷纷上前捕猫。捉住小猫后,东西两堂因都想养这只小猫而争执不下。

见此情景,南泉和尚曰:"大众道得即救取猫儿,道不得即斩去也。"

众生没有回答,师便斩之。

日落黄昏,赵州自外归来,南泉和尚把斩猫的来龙去脉讲了一遍,

---

① 书名,一卷,南宋无门慧开禅师撰,弥衍宗绍编,全称《禅宗无门关》,收在《大正藏》第四十八册。临济宗杨岐派僧无门慧开于绍定元年(1228),在福州永嘉龙翔寺,应学人之请益,从诸禅籍中拈提佛祖机缘之公案古则四十八则,加上评唱与颂而成本书。

② 中国宋代著名禅僧圆悟克勤大师所著,共十卷。书的内容由雪窦重显禅师的百则颂古和圆悟的评唱组成。素有"禅门第一书"之称,尤其为临济宗重视。

并询问赵州意见。

赵州听罢，脱下足履，放在头上走了出去。

南泉和尚感叹道："子若在，即救得猫儿也。"

——故事大体如上。赵州置履于头顶这一段听起来甚是费解。

但听了老师的讲解，这桩公案好像也并非那么难解。

南泉和尚斩猫意在斩断自我迷妄，根绝妄念妄想。这一行为虽不近人情，却斩断了一切矛盾、对立和自他的争执。若将此称作"杀人刀"，赵州的行为便可称作"活人剑"。他将沾满泥土、遭人践踏的足履以无限宽容的态度置于头顶，便是对菩萨道的实践。

老师解释完公案后，丝毫未谈及日本的战败，便结束了此次讲课。众人难免有些纳闷，怎么都不明白，为什么偏在战败投降这一天选了这样一桩公案。

回房间的路上，我满怀疑惑地问鹤川。他也只摇了摇头，说道：

"不知道。没经历过僧堂生活的我们怎么会明白。不过话说回来，我觉得今晚讲课的精髓在于战败这一天，什么都不讲，只讲讲斩猫这类小事。"

虽说打了败仗，我却并未感到不幸，倒是对老师那满脸幸福的表情很是在意。

对寺院住持的尊敬，往往是一座寺庙秩序的基础。在过去一年里，我虽承蒙老师照顾，却难对他心怀敬爱之情，这倒也并无不妥。可自母亲在我心中点燃野心的火苗以来，十七岁的我便不时以批判的眼光看待老师。

　　老师做事讲究公平。但不难想象，若我成为住持，也并非做不到。老师的性格中缺乏禅僧独有的幽默，虽然通常情况下那样的微胖躯体都会附带些幽默感。

　　我听闻老师是个爱寻花问柳的人。一想象他在青楼里的样子，便既觉好笑，又深感不安。女人若被这样一个粉色糕饼般的身体抱住，会是一种什么感受呢？会不会感觉整个世界都被粉红柔软的肉体包围着，旋即被沉入被这座肉铸成的坟墓中去？

　　我想不明白禅僧为何会有肉体。或许老师爱寻花问柳，是为了舍弃肉体，蔑视肉体。然而我更想不明白他那遭到蔑视的肉体何以竟能纵情地吸收养分，显得愈发光彩照人，而这又一点点吞噬了他的精神。像被驯化的家畜般谦逊又温顺的肉体，对和尚的精神而言一如小妾……

　　我必须在此阐明战败对我的影响。

　　它绝不是解放。它意味着佛教式时间的抬头——不变的永恒反而成为日常。

　　战败次日起，寺庙里日课便开始了无尽的循环重复。开定、晨课、粥座、劳作、斋座①、药石、开浴、开枕……在老师严禁购买市场米的命令下，我们只能吃一些施主施舍的米。考虑到我们在长身体，副寺

---

① 禅宗指中午饭。

偶尔会悄悄买些市场米，谎称是施主施舍的，在清淡的粥里加上一些。有时他也会买些地瓜。粥座不止在早上，中午和晚上也都是些白粥、红薯，日复一日，我们从未吃饱过。

鹤川偶尔会托家里从东京寄来些美味。夜深后，他便潜到我的枕边同我分享。那时，雷电往往不时闪过夜深人静的天空。

于是，我问鹤川家里那么富裕，父母又如此疼爱他，为何不回去。

"没办法呀，我要修行。反正我最后也要继承家里的寺庙。"

他就像一早人生便被安排好似的，丝毫不知人生艰难。我突然想起战争结束第三天去学校时，听同学说管理工厂的士官装满了一卡车的物资要运走，并公然宣称今后将从事黑市买卖。

我想这位勇猛的士官应是长着一双冷酷且尖锐的眼睛。他背弃了善行，奔向罪恶。他的长靴奔向的目的地既像捉摸不定的朝霞，又如同横尸遍野的沙场，毫无秩序可言。他摊开胸前的白围巾，装上偷来的物资，扛上肩头，挺起被沉甸甸的包袱压弯的脊梁，在风中出发，奔向毁灭。但在更远的远方，闪耀着混乱之光的钟楼正轻轻敲响……

于是，我告诉鹤川即将到来的新时代可能会超乎我们的想象。我被尘世隔绝在外，身无分文，身不由己，没有自由也就谈不上解放。但当我说出"新时代"时，十七岁的我虽不能清晰勾画出它的模样，却已经暗暗下定了决心：

"人们若是通过生活、行动感知到罪恶，那我将在内心最阴暗的罪恶中沉沦。"

但我首先想到的恶行，不过是讨老师的欢心以霸占金阁，又或是偶尔下毒谋害老师后谋权篡位这类不切实际的空想。得知鹤川没有这样的野心后，我甚至感到一丝慰藉。

"你对未来没有恐惧或希望吗？"

"没有，一点儿也没有。有了又能怎样呢？"

鹤川的语气里没有丝毫的阴暗或草率。他说这句话时，一道闪电照亮了他脸上纤细的眉毛。因为鹤川照着理发师设计的眉形刚剃了眉毛，因此看起来平缓的眉毛细得十分刻意，眉峰处还有剃后微微发青的痕迹。

我瞥了一眼那抹青色的痕迹，感到了一阵不安。眼前的少年和我不同，他的生命像一盏油灯，以最纯洁的方式燃烧。他的未来是灯芯，浸润在透明冷冽的灯油中，不到油灯燃尽便看不见未来的全貌。若他的未来只剩下纯洁与天真，又怎会想要去预见自己的纯洁与天真呢？

……那晚，鹤川走后，残暑的闷热加上自慰的习惯使得我睡意全无。

我偶尔也会梦遗，并非梦到了色欲的画面。譬如我梦见一只黑狗在阴冷的街巷里奔跑，眼见它喘出的气像阵阵火焰，脖上的摇铃不停地响，我便愈发亢奋。当铃声响至高潮时，我便射了出来。

自慰时，我会陷入地狱般的幻想。有为子的乳房和腿出现在眼前，我则变成一条卑微又丑陋的虫。

——我翻身起床，从小书院的后面溜了出去。

从鹿苑寺后面再往夕佳亭的东边走，便能到达不动山。山上长满了红松，松间夹杂着茂密的细竹。竹下稀稀疏疏长着溲疏、杜鹃花和其他灌木。我对这一带很熟，即使是夜晚也不会被绊脚。登上山顶我便能一览上京区中京区，还能眺望远处的比睿山和大文字山。

我心无旁骛地向上攀登，脚步声惊醒的飞鸟扑腾着翅膀远去。我目不转睛地望着山顶，拨开阻挡前行的矮木，什么也不想，只顾向上攀登。这种心无旁骛的感觉抚慰了我的心灵。登上山顶后我在习习的微风中将身子蜷缩起来。

俯瞰山脚，我不禁怀疑起自己的双眼。自战败以来，这是我第一次登顶不动山，眼前的景色堪称奇观。京都的灯火管制终于解除，万家灯火照亮了夜空，这座城已经很久没像此刻这样辉煌。

灯光愈发立体。平面上四处散射的光没有了远近感，只剩下一个巨大的、全由灯光构成的透明建筑，生出无数个错综复杂的角，打造出无数的配楼，矗立于黑夜中，这才是都城。唯独御所①没有一丝光亮，像一处黑暗的洞穴。

远处，闪电不时从比睿山山际划破灰暗的夜空。

"这才是凡尘俗世。"我心想，"战争结束了，邪恶的念头开始支配灯下所有人。众多男女互相凝望，闻着即将来临的某种类似死亡的味道。无数的灯悉数为无尽的邪恶，无尽的邪恶又慰藉我的心。但

---

① 位于日本京都市上京区京都御苑西北角，是日本平安时代的行政中心。从794年奈良迁都到1868年明治维新，一直是历代天皇的住所，后又成为天皇的行宫。

愿我心中的邪恶,能不分昼夜地繁衍,不计其数地繁殖,散发夺目的光芒,与眼前不计其数的灯一一对应!但愿我这充斥着邪恶的阴暗内心,不输给这包围着无数灯火的暗夜!"

***

参观金阁的人越来越多。老师申请按物价上涨门票费用,得到了市里的批准。

过去来金阁参观的人都是一些身着军服、工服、扎腿劳动服的毕恭毕敬的人。后来占领军来了,世俗男女成群结队地出现在金阁附近。与此同时,人们重新开始向佛供茶,于是女人们纷纷穿上珍藏多年的华美衣服前来金阁。在这些人眼里,身着僧衣的我们和他们形成鲜明的对比,仿佛我们是一群乘着酒劲扮演僧侣角色的醉酒之人,也像一群特意为猎奇者固守稀奇的古老风俗的原住民……因为寺内导游不会英语,临时有需要便将我和鹤川抓去充当蹩脚导游,因此我遇到过各种人。美军尤其喜欢猎奇,其中不乏一些肆无忌惮地拉扯僧衣嘲笑我的人。有的甚至掏出钱,要求我把僧衣借给他们拍照。

再后来,金阁迎来了战败后的首个冬天。雪从某个周五开始下,一直下到周六。学校正午便放学了,我怀着满心的期待,迫不及待地想看看雪中的金阁。

下午还在下雪。我来不及换下长靴,便背着双肩包,沿着参观路来到了镜湖池畔。大雪纷纷,我像儿时那会儿一般,仰起头张大了嘴。雪花轻触我的牙齿,发出贴锡箔纸时窸窣的声音。雪花随后接二连三地拥入我温润的口腔,融入我红色的血液里。我想起究竟顶上那只凤凰的嘴,想象那是一张平滑且炙热的嘴。

白雪面前,人们都是少年,何况我明年才满十八岁。少年般的激动在我体内涌动,这样激动的情感难不成也是假的?

世上再没有什么可与银装素裹的金阁媲美。这座通风的建筑任凭雪花飘落其上,只是默不作声地依靠着林立的细柱,不施粉黛、不加遮掩地伫立在白茫茫的世界中。

我心想,为什么雪不会结巴呢?我看见过大雪覆盖了八角金盘的绿叶,压得它弯下腰。在八角金盘的阻挡下,雪好不容易才落到地面的样子,像极了说话磕磕巴巴的我。但当下四周空无一物,雪花簌簌直往下落。沐浴着顺畅无阻的大雪,我的心不再扭曲,就像沐浴在音乐的旋律中一样,我的精神恢复了律动。

立体的金阁在皑皑白雪中跳入画卷,化身为平面的金阁,与世无争。大雪压断了两岸枫树的枯枝,留下一片光秃秃的树林。由远及近的青松白雪,在眼前呈现出一幅壮丽的画卷。结冰的池面上,不时积起雪堆,不受雪堆的侵扰的地方仿佛用大胆的手法在装饰画中留下的云朵。位于池央的九山八海石和淡路岛①连接着冰池上的白雪,偶有几株青松,

---

① 池西侧园林,以瀛洲岛为原型。

闯入这片冰面雪原。

金阁里空无一人。白雪在究竟顶、潮音洞、漱清的屋顶上画出一片明亮的白。灰暗而复杂的木架在白雪的映衬下显得愈发黝黑。就像我们在观赏南画[①]时，想凑近画面，端详画里的山中楼阁处是否有居士一样，这古雅的黑木散发出耀眼的光泽，使我不由地想要窥视金阁里是否确无一人。但我明白即使我走向金阁，也不过像是碰上一张冷若冰霜的生绢画布，永远无法亲近它。

究竟顶的门今日面向降雪的天空敞开着。仰望究竟顶，我幻想一片飘落的雪花在究竟顶这片空寂的小空间里盘旋飞舞，然后落在斑驳的墙壁上，消亡在锈迹斑斑的金箔里，最后凝结成了一颗小巧的露珠，发出金色的光芒。

……次日星期天，老导游一早便来叫我。

还未到开门参观的时间，就来了一个外国兵。老导游比划着告诉他稍等片刻，这就去叫"会讲英语"的我。说来奇怪，我英语讲得比鹤川好，而且也不结巴。

大门前停了一辆吉普车。前来的美国兵喝得酩酊大醉，一只手靠在正门前的柱子上，居高临下地俯视我，脸上挂着轻蔑的嘲笑。

[①] 南画，画派之一，亦称"南宗画"，是相对"北宗画"而言的。中国明代画家董其昌倡山水画"南北宗"之说，本于禅宗分"南顿""北渐"之义。"南宗画"即文人画。

雪后初晴，前院耀眼在目。美国兵背对着明晃晃的前院，充满朝气的脸上长着结实的肌肉，呼出的白色热气混杂着威士忌酒味迎面扑来。我常想象这种魁梧的人内心暗藏着怎样的情感？而这样的幻想又常使我感到不安。

我决定绝不违抗他的意愿，便向他说道，虽然现在还没到参观的时间，我还是可以照常为他导游。我向他索要门票费和导游费，没想到这个彪形醉汉竟老老实实地付了钱，然后朝吉普车内探了探身，说了句英语叫里面的人出来。

吉普车内光线昏暗，在耀眼的白雪反射下，我看不清车内的状况，只能看见车窗处跳动着一片白色，像是一只白兔。

之后，一双蹬着细高跟鞋的脚伸向了吉普车的踩踏台。我惊讶于这双光腿就这么暴露在天寒地冻的天气里。一眼便可看出，这个从车内出来的女人是美国兵的情人。她穿着一件如火焰般赤红的大衣，手指甲和脚趾甲也涂成了同样的颜色，从飘起的大衣下摆处可以看见藏在里面的脏睡衣，整个人已醉醺醺的，目光呆滞。男人军姿凛然，女人却是一副没睡醒的样子，想必是匆匆套上围巾和大衣便出门了。

女人的脸在白雪的映衬下显得格外苍白，几乎没有一丝血色，竟连口红也无法为她增添生命的色彩。刚一下车，女人便打了个喷嚏，细小的皱纹瞬间挤上了她纤细的鼻梁两侧。一双似醒非醒的眼疲惫不堪地望向远方，旋即沉入无限的深渊。她不停唤着男人的名字，却把男人的名字杰克念成了夹克。

"夹——克·兹——科——尔德！兹——科——尔德！"

女人哀切的声音在雪地上空盘旋。男人却未回应。

我头一回读懂了做这种买卖的女人的美，但绝不是因为她像有为子。当我对照有为子，一一刻画出一个完全不同于有为子的肖像时，出现的便是一张这样的脸。这张脸排斥着我对有为子的记忆，因此它的美带有令人耳目一新的反抗色彩。也就是说，它助长我去反抗初次体会到美之后的感受。

唯独在一点上，这个女人和有为子是共通的。她根本没正眼看过穿着脏工作服和橡胶长靴而没穿僧衣的我。

那天早上，寺里的人都出门了。我们三人走在好不容易才清扫出的一条参观道上，我在前面领着他们。若是来了参观团自是不够宽，人数不多的话大家还能挤成一排往前走。

来到镜湖池旁，眼前一片开阔。美国兵挥舞双臂，欢呼雀跃地叫喊着一些我听不懂的词。他忽又使劲摇晃女人的身体。女人颦眉叫道：

"噢——夹——克·兹——科——尔德！"

积雪压弯了青木的枝叶，光润的红色果实在枝叶中若隐若现。美国兵指着果实问我那是什么，我却只能回答是青木。或许他本是一个抒情诗人，却长着一副魁梧的身材。他那清澈的蓝眼睛透露出几分残酷。就像《鹅妈妈童谣》里将黑色瞳仁刻画为邪恶残酷的标志一样，人们总在异国他乡的事物中幻想残酷的存在。

我死板地介绍了一遍金阁。醉到不省人事的女人不时摇摇晃晃地脱下鞋子乱扔。我用冻僵的手从口袋中拿出只有在这种时候才会用到的英文介绍手册,美国兵则一把抢去,玩味似的读了起来。看来也无须我再做介绍了。

我靠在法水院栏杆上,眺望着闪烁的镜湖池。金阁内部从未如此明亮过,反倒使人不安。

我未曾留意之时,走向漱清的美国兵和女人发生了争吵。他们的争吵越发激烈,都听不出是日语还是英语。两人在激烈的争吵中早已忘记了我的存在,又折回了法水院。

美国兵伸过脸来咒骂女人。女人一狠心扇了美国兵一巴掌,随即转身穿着高跟鞋逃往小道。

我虽摸不着头脑,也跑下金阁沿着湖畔去追女人。当我追到时,身高腿长的美国兵早已追上了女人,并一把揪住了她的胸口。

美国兵朝走上前来的我瞥了一眼,随即松开了揪住女人胸口的手。那只手蕴藏着非同寻常的力量,女人被直挺挺地扔在了地上,火红的大衣下摆裂开,一双雪白的光腿暴露在冰天雪地里。

女人并未起身,在地上恶狠狠地瞪着高大的男人。我不得已弯下身子去搀扶她。

"嘿!"美兵叫了一声。我转过头来,看见他张开着双腿,用手指向我示意的同时,一反常态地用温柔的嗓音向我说道:

"踩她。你,踩她。"

他的蓝眼睛居高临下地命令着我。我却不明白他的意思。金阁顶着雪，在他宽厚的肩膀后闪着耀眼夺目的光彩，照亮了冬日万里无云的碧空。为何在这一瞬间，我感到他的蓝眼睛里没有丝毫的冷酷，反而饱含温情之意？

他宽大的手伸向我，抓住我的后颈，一把拉起了我。他又一次用温和且轻柔的声音命令道：

"踩，给我踩。"

我难以抗拒这温柔的嗓音，于是抬起了橡胶长靴。他拍了拍我的肩，我的脚随即落下，踩在一块宛若春泥的柔软物体上，原来是女人的小腹。女人紧闭双眼呻吟起来。

"用力，再用力。"

我又踩了下去。踩第一脚时我还感到不安，第二脚时却感到难以言喻的喜悦。随着每一脚落下，我都在心想，这是女人的肚子，这是女人的胸。女人的肉体竟像皮球一般，如此直截了当地以弹力回应着我，这出乎我的意料。

"行了。"美国兵明确地说道。

他绅士作风般抱起女人，拂去女人身上的泥雪，看都没看我一眼，便扶着女人走向门口。直到最后，女人也都没看我一眼。

走到吉普车停的地方，像是酒醒似的美国兵让女人先上车，然后挂着威严的表情冲我道谢。他想给我些钱，却被我拒绝了。于是，他从座位上拿出两条美国香烟塞给我。

我站在正门前，阳光经过雪地反射照过来，照得我的脸颊微微发烫。

吉普车卷起雪尘，小心翼翼又摇摇晃晃地离去了。我的肉体高度亢奋，直至吉普车远去……

……好不容易平复了激动的心情，我便打起了老师的主意：我计划将香烟送给他。老师喜欢抽烟，若对此一无所知的他收到这份礼物，必定会很开心。这种伪善使我感到窃喜。

老师不需要知道发生的一切。我不过受制于人，身不由己被迫为之。若我反抗，反倒会惹火上身。

我向大书院走去。擅长阿谀奉承的副寺正在给老师剃头，我在洒满朝阳的廊下静静候着。

庭院里的陆舟松，像仔细折叠好的崭新船帆似的，衬得积雪熠熠生辉。

老师剃头时闭着眼睛，双手举着一张纸接着飘下来的头发。随着头发一缕缕掉落，他的头愈发显露出兽性般鲜明的轮廓。剃好后，副寺拿温毛巾裹住老师的头，过了一会儿又揭开来。毛巾下的脑袋，仿佛刚生下的、热腾腾的、又像刚煮熟的鸡蛋。

等了又等，我好不容易才向老师表明我的来意，又拿出了那两条美国香烟，磕头献上。

"哦，有劳了。"老师说道，脸上闪过一丝平日里不常见到的微笑。随后，他像例行公务似地接过两条香烟，随手放在桌上的书本信封堆上。

副寺还在给老师揉肩，于是他又闭上了眼睛。

我该退下了。我感到一股不满的情绪在体内燃烧。我那令人费解的恶行，得到的香烟奖赏，以及对此一无所知便收下了香烟的老师……这串联起的因缘，难道不值得更戏剧化的发展吗？难道不应更深刻激烈吗？老师这种人对此却毫无察觉，我又因此多了一个蔑视他的理由。

但老师突然叫住了正要退下的我。原来方才他正盘算着给我一些恩惠。

"我打算等你毕业，就把你送去大谷大学。想来，为了让你逝去的父亲能在九泉下瞑目，你也该努力学习，以优异的成绩考进大学才行。"

——很快，老师要送我去念大学的消息便传遍了全寺。过去寺里人都说，弟子须日日为住持揉肩捶背，才有可能上大学。既然老师都开口了，那说明他对我寄予厚望。鹤川有家里人替他交学费，是不愁没书念的。听到消息的他兴奋得直拍我的肩头。却有一个没受到老师任何关照的弟子，之后便再没同我讲话。

第 四 章

昭和二十二年（1947）春，我如愿进入大谷大学预科。我原以为自己会带着老师不变的慈爱和同龄人的羡慕，意气风发地走进大学校门，却不料事与愿违。旁人看来或许如此，可事实上发生了一件想来后怕、差点儿害我无法入学的事情。

老师在下雪天许诺供我上大学后隔了一周左右，我像往常一样放学回来，便发现另外一名弟子，也就是那位未受老师关照的弟子，满脸幸灾乐祸地看着我。在此之前他可从没和我讲过一句话。

表面上寺院男仆和副寺待我与往日并无二致，实际上我能看出事有蹊跷。

那晚，我到鹤川寝室，告诉他大家对我的态度莫名其妙。起初，鹤川歪着头，满脸疑惑的样子。但他毕竟不懂如何伪装，慢慢地我读出了他神情中的内疚。

"我是从他嘴里。"鹤川说出另外一个弟子的名字，"从他嘴里听说的。他也去了学校，什么都不知道……总之，你不在时发生了一件怪事。"

我心头一紧,赶紧追问。鹤川在我发誓保密之后,看了看我的脸色,才道出了事情的原委。

某日刚过正午,寺里来了一个专当外国人情人的女人,身穿赤红大衣,声称要见住持。副寺代替住持在正门接见了她。女人却骂骂咧咧地坚称只见住持。不巧老师正好穿过走廊,看到女人,便走上前去。女人说,一周前的清晨,雪后放晴,她和一名美国士兵来金阁参观,被美国士兵推倒在地,遇到寺里的一个小僧阿谀奉承美国士兵,踩了她的小腹导致她当晚就流产了,因此想要一些补偿。若是不给,便向世人控诉,揭发鹿苑寺的恶行。

老师默不作声,给钱打发了女人。他虽知道那天的导游不是别人正是我,但因为没有目击证人,便嘱咐旁人千万向我保密此事。之后老师也不再过问了。

但寺里的人从副寺口中听闻此事,都认定我的确有此恶行。鹤川拉起我的手,抬起闪着泪光的清澈双眼盯着我,他那少年特有的、不掺杂质的声音使我眩晕。

"你真的做了那样的事吗?"

我在这一刻不得不直面自己的阴暗情感。鹤川的询问几近追问,使我无处遁形。

他为什么要这样问我?是出于友情吗?他难道不知道这样问我,

反而未能坚定不移地完成朋友的职责吗？他难道不知道，于我而言这样的质问才是对我最致命的背叛吗？

我曾说过，鹤川是我的真正的朋友……若鹤川能尽忠职守，便不会追问我，而是像过去一样只字不提，只将我阴暗的一面译作明亮的一面。届时，假作真时真亦假。若有幸再次目睹鹤川天性里的纯洁善良将所有暗影译作阳光、所有黑夜化作白昼、所有月光变作日光，将苔藓在夜晚散发的湿气比作耀眼新叶在日光下的摇曳，即便结巴，我或许也会为我的所作所为忏悔。唯独在这种时候，鹤川没有这么做，这反而助长了我的阴暗……

我暧昧地笑了。寺庙里的冷寂深夜使我感到膝盖冰凉。古老而粗大的房柱立在黑暗中，包围着低声交谈的我们。

我藏在睡衣下的双膝战栗起来，或许是因为寒冷，又或许仅仅因为头一次公然向朋友撒谎使我感到兴奋。

"我什么也没做。"

"这样啊。那个女人就是来骗钱的。可恶，竟连副寺都叫她骗了。"

鹤川的正义感愈发高亢，怒气冲冲又义正词严地说明天要替我去找老师解释清楚。听罢，老师那剃得宛如熟鸡蛋似的脑袋，和其虚弱的桃色脸颊突然浮现在我的脑海，使我心生厌恶，随即感到有必要在鹤川采取行动前亲手扼杀这股正义感。

"老师认为是我做的吗？"

"不知道。"鹤川也猜不透老师的想法。

"老师才不管别人在背地使的坏,他不说闲话,只问事实,因此不必太过担心。"

我又解释了一番,鹤川才相信他的解释只会加深其他人对我的猜疑。我说道,正因为老师相信我是无辜的,所以才会不闻不问。说这句话时,喜悦之情洋溢在我的胸膛,并在我的体内生根发芽。这股喜悦源于鹤川那句"没有目击者,没有证人"。

我自然知道老师才不相信我是无辜的。也可以说恰恰相反,老师不闻不问正是因为他知道我并非无辜。

或许当老师从我手中接过两条美国香烟时,便已看穿了一切。或许老师不闻不问只是因为他在静候我主动忏悔。不仅如此,送我上大学也可能只是老师换取我忏悔的奸计。若我不为我的欺骗行为忏悔,他便会取消我的升学资格;若我迷途知返,洗心革面,或许将念在我尚且有悔改之心,法外开恩,允许我上大学。老师不让副寺告诉我则是更大的陷阱。若我果真无辜,便被蒙在鼓里,只一心过好自己的生活;若我犯下恶行,并且多少有些心机,我便能保持沉默与无辜,继续我的单纯生活,无须忏悔。不,只需假装我的确无辜,毫不知情即可。这是最佳的解决方式,也是唯一能证明我清白的方法。老师的所作所为也暗示我跳入这个圈套。我已深陷老师设下的陷阱……我对此怒不可遏。

再说我也并非没有辩解的余地。若我不踩那个女人，美国兵便会掏出枪威胁我，我也不能反抗占领军。总之，我是被逼的。

然而，妩媚的弹力、女人的呻吟、脚下皮开肉绽的触感——踩踏女人腹部时从橡胶长靴处传来的这些感觉，从女人体内传入我体内如同电闪雷鸣般的刺激诱惑着我……所有这些却并非被迫。迄今我都无法忘怀那瞬间甘之如饴的美。

老师知道我的感觉的本质——甘甜之美！

此后的一年，我就像一只被关进笼中的小鸟，眼前不停地出现牢笼的形状，但我绝不会忏悔。之后的每一天愈发使我焦躁不安。

想来真是不可思议。脚踩女人时，我不曾感到一丝罪恶感，甚至当我得知女人流产后，这一行为在我记忆里竟愈发光彩夺目。当时的所作所为如砂金般沉入我的记忆，散发出永恒璀璨的邪恶光芒。即便是微不足道的恶行，当犯下时，我能的确确意识到：它仿佛挂在胸膛的勋章，在我的胸口熠熠生辉。最终融入我的身体。

……实际的问题是，在大谷大学入学考前的这段时间里，我只能不断揣摩老师的想法，却对此无能为力。老师从未出尔反尔，也未曾催过我加紧准备考试。可我是何等焦急不安啊！我急切地观察着老师的一言一语，哪怕是只言片语！他却故意缄口不言，将我长时间钉在拷问的十字架上。出于胆怯或是反抗，我无法开口问老师如何看待我上大学这件事。过去我虽不时地向老师投以批判的眼光，但依然对他怀有一丝对普通人也能有的敬意。现在老师在我眼前却似庞然怪物，仅凭外表绝不会想到这只怪物的躯壳下藏有一颗人心。无论我如何避而不见，他始终像一堵高耸入云的城墙，横在我眼前。

晚秋某日发生了一起这样的事。原是老师和副寺应邀参加一位老施主的葬礼。此去乘火车约要两个小时，二人一早五点半便要动身。我们在前一晚得知此事，并被告知要在四点半起床，赶在他们出门前准备好早饭。

在副寺替老师整理行李时，我们便起床念经。

阴冷的厨房传来咯吱咯吱的声音，寺里人都忙着打水洗漱。晚秋天边清晰可见的黎明冲破了暗夜，后院响起了鸡鸣，我们合拢僧衣袖口，急匆匆地赶往客殿佛坛前。

佛坛宽敞的房前铺着一张无人使用的榻榻米，它吸收了黎明前的冷气，使人更觉寒彻入骨。烛台的火苗轻轻摇曳。我们叩拜了三下，待钟声在耳畔响起，又坐跪叩头，如此重复了三遍。

我一直觉得晨课念经时的男声充满活力。一天中，数晨课念经的声音最响，仿佛凶猛的海浪拍打海岸似的，飞沫从声带中迸出，击碎了黑夜里的妄想。我虽不知道自己的声音是怎样的，但一想到自己同其他男子一样，向四周洒去污沫，体内便充满了力量。

粥座未完，老师就要出发了。全寺上下整整齐齐地排在正门前送别，这是寺里的规矩。

天未破晓，繁星满空。山门前的石子路伸向星空，巨型麻栎、梅、松的树影包围四周，纵横交错似要吞噬整片大地。风从我的毛衣破洞处灌入手肘，将黎明前的冷气送入我的体内。

送别仪式无须多言，所有人都默默地低着头，老师像没注意到我们似的，和副寺动身了。随着老师走远，木屐在石子路上发出的嘎吱嘎吱的响声也渐渐飘向远方。直到老师的身影不见，我们才可离去，这是禅家之礼。

视野里，老师和副寺的身影逐渐模糊。白色的僧衣下摆和白色的袜子还依稀可见。他们的身影混在了树丛和树影里，又蓦地消失在了视野里。片刻后，在没有树影的地方，白色的下摆和白色的袜子再次出现在眼前，脚步声的回响也更尖更高了。

我们一动不动地目送他们远去。直到两人出了山门，他们的身影才完全消失。送别太长太久，仿佛永恒。

一股不同寻常的冲动蓦地袭上心头，却只在我的喉头燃烧，一如我在重要时刻遭遇结巴的困境那样。我渴望得到解放。我瞬间感到不仅母亲暗示的继承住持一事毫无希望，就连上大学之事也岌岌可危。无声的沉默支配着我，我渴望挣脱束缚。

谁也无法责备我是个懦夫。20年来一直缄口不语的我知道坦白是非常贵的。但你可知坦白需要多大的勇气？或许有人会嘲笑我太过夸张？我用隐瞒对抗老师的沉默，尝试验证"恶是否可行"。若我永不忏悔，那么即使这恶行微不足道，也已证实了恶的确可行。

话虽如此，眼见老师的白色下摆和白色袜子在树影中若隐若现，

第四章 | 081

其身影在黎明中渐行渐远，燃烧在我喉头的力量几乎成为难以遏制的冲动。我恨不得就此坦白一切，追上远去的老师，拽住他的衣袖，大声呼喊出那日雪地里发生的事。可这种冲动绝非因为我尊重老师。老师身上蕴藏的力量不是精神力量，而是一种强大的物理力量。

……可若我坦白一切，我人生中最初的小恶便将瓦解。这种想法从背后拉扯我，扼杀了我坦白的冲动。于是我眼睁睁地看着老师的身影穿过山门，消失在了微亮的天空下。

放松下来的众人熙熙攘攘地拥向正门，我却愣在原地。鹤川拍了拍我的肩。等我回过神来，这副骨瘦嶙峋、丑陋不已的肩膀，又恢复了往昔的骄傲。

***

那日后又过了几天，老师叫来我和鹤川，简单地交代了几句开始准备考试和免去劳务的事。前面也讲过了，尽管发生了这样的事，我还是不带忏悔之心地上了大谷大学。

我经历了这些之后才进入大学，可此后的生活也并非一帆风顺。老师对此事依旧只字未提，但也未透露出今后将把寺院交给我来打理的意愿。

可大谷大学是我人生的转折点。我在这里第一次接触到了思想，并沉迷于我自己所选的思想。

这所大学创始于 300 年前。筑紫观音寺的大学宿舍在宽文五年（1655 年）移至京都的积壳邸①，成了这所大学的前身。之后很长时间，这里一直是大谷派本愿寺弟子的修道院。到了本愿寺第十五世常如宗主时，浪华②门徒高木宗贤布施散财，选址洛北乌丸头，创建了这所大学。大学占地一万二千七百坪③，规模虽不大，各宗各派的青年才俊却汇聚于此，共同研修佛教哲学基础知识。

一条电车轨道将古色古香的砖瓦大门与大学体育场分隔开来。学校西面的比睿山层峦叠嶂。进入大门，一条砂石道映入眼帘，一直通往主楼前的停车场。主楼高两层，红色的砖瓦发出阴郁的光芒。正门的门楼顶上，立着一座青铜楼阁。这楼阁看似是钟楼却没有钟，看似是钟台也没有时钟。它那空洞的四方形窗户躲在纤细的避雷针下，空洞地剪下一片蓝天。

正门旁有一棵枝繁叶茂的老菩提树，在阳光下发出红铜色，看起来很庄严。校舍大多是老旧的木平房，在主楼的基础上毫无规划地不断扩建。由于校内禁止穿鞋，因此每栋楼间都搭有穿廊供师生光脚行走。看不到尽头的穿廊一条接一条，每条都由破旧的竹板连接而成，经久失修，像要断了似的。事实上，唯独在断掉的地方才有修缮，因此每当人走在穿廊上，从一栋楼移步至另一栋楼时，脚下既有明亮的新木，

---

① 位于京都下京区东本愿寺的别宅。其庭院闻名内外。
② 大阪旧称。
③ 土地的面积单位。一坪约等于 3.3 平方米。

也有腐旧的陈木,一双脚仿佛踩在各种浓痰大小的马赛克上。

我也像所有大学新生一样,满怀好奇地上学,但不明白上学的意义何在。我认识的只有鹤川,能聊得来的也只有他。鹤川和我都不甘于在好不容易来到的新环境中,过着和过去没有差别的生活。过了几日,两人便在课间时有意分开,各自去寻找新的朋友。鹤川的朋友越来越多,口吃又胆小的我却愈发形单影只。

大学预科第一年共有10个科目,分别是修身、国语、汉文、华语①、英语、历史、佛典、逻辑、数学和体操。第一节逻辑课便给了我一个下马威。某日,第一节逻辑课结束后迎来午休,我带着两三个问题,尝试着去问一个我一早想搭话的同学。

他似乎不喜欢交朋友,总是一个人待在后院花坛边吃盒饭。这种习惯俨然成了一种仪式。他的进食方式流露出对食物的嫌弃,使得见者忍不住皱眉。没有人靠近他,他也从不同其他学生讲话。

我知道他叫柏木,一双跛足极具特征,他走路时身体僵硬,像走在泥泞路上似的,好不容易从泥沼中拔出一只脚,另一只脚却又深陷进去,迈出的每一步都伴随着全身的跃动,以致日常步行成为一种夸张且异样的舞蹈,丧失了常态。

我并非没由来地在入学之初便注意到他。他身体的残缺使我感到

---

① 中文。

安心。他的跛足便是对我自身条件的认同。

社团的空手道部和乒乓球部的活动地点在一间连像样的窗户都没有的废弃小屋里，正对着后院，柏木在后院三叶草草坪上吃饭。院里长着五六棵干瘦的松树，还有一个空荡荡的框形立架。立架上的蓝漆早已剥落，起毛的边缘像假花般死气沉沉地卷了起来。立架旁搭有一个两三层高的盆栽棚。此外，院里还有成堆的瓦砾和一个花圃，花圃中种着些风信子和樱草。

我心想，坐在三叶草草坪上一定很惬意。和煦的阳光在柔嫩的绿草边留下一地细影，草坪像轻轻地浮在半空中似的。坐在其上的柏木和走路时相比，只是一名普通的学生。不，他苍白的脸上还带有一种危险的美。身体残疾之人同佳人一样有着无与伦比的美。残疾人也好，佳人也罢，二者皆疲于被关注，厌倦了被关注，被逼到绝境，只好以存在的方式进行反击。这反击本身便是一种胜利。吃着盒饭的柏木低垂着头，我却感到他的双眼早已看穿了周遭的俗世。

他沐浴在阳光中的惬意身姿感染了我。春光下、繁花里的他没有我身上的羞耻和内疚，阳光无法触碰他，他就是阴影本身，他的存在主张着阴影的存在。

他坐在那里，专心致志地啃食着看起来十分难吃的饭。他吃的与今早我自己做的相比，可谓半斤八两。昭和二十二年[①]，除黑市外，其

[①] 1947年。

他地方根本买不到任何能摄取营养的食物。

我拿着笔记本和饭,站到柏木身边。我的影子挡住了他的饭,他抬起头来瞥了我一眼,又低下头去,像蚕啃食桑叶般继续单调的咀嚼。

"那……那个……刚……刚才上课有些地方我不太明白,想……想请教你。"

我用普通话结结巴巴地说道。进大学后,我便不再讲方言了。

"不知道你在讲些什么,结结巴巴的。"

我没料到柏木会突然这么说,满脸涨得通红。

他舔了舔筷子,滔滔不绝地说道:"我心里明白你为什么会找我搭话。你是叫沟口吧!若你认为残废的人应同病相怜,交个朋友,也并非不可。我自己倒没什么,但你就那么在意自己的结巴吗?这未免太瞧得起你自己了吧!"

后来我才知道,他与我同属临济宗,是个住持的儿子,那么他的这个开场白多少有些禅僧的装腔作势。但我依然无法否认,当时他这番话给我带来了强烈的冲击。

"结巴!结巴!"柏木朝着接不上话的我,取笑似的喊道。

"这下在我面前你也不用担心结巴了。我说的没错吧!人都是这样找寻伙伴的。话说回来,你还是个处男吗?"

我一笑不笑地点了点头。柏木的问话方式像个医生,使我感觉坦白才是最好的回答方式。

"我想也是。虽是个在室男,可你一点儿也不美。既不受女人欢迎,也没有男人上青楼的勇气,更没什么本事。但你如果认为我也是在室男才跟我交往的话,那你可是打错算盘了。你想知道我是怎么完成第一次的吗?"

没等我回答,柏木便自顾地自说了起来。

我是三宫市近郊一座禅寺住持的儿子,天生腿瘸……若我告诉你这些,你便认为我是逢人便讲自己经历的可怜人,那你可大错特错了,毕竟这也不是什么光彩的事。但我一早就考虑清楚了,要第一个把这些事告诉你。因为我的经历对你最有参考价值。若你能经历我所经历的一切,那对你也是再好不过。传教士敏锐地嗅出信徒,戒酒者寻找同伴,都是靠这样的方式。想必这些你都知道。

没错,我的确为自身条件而感到羞耻。我下定决心绝不同我的自身条件和解。怨恨这种东西,在我这儿多了去了,可有什么用呢?父母早该在我幼年时为我做矫正手术,现在说什么都为时晚矣。但我并不介意,我懒得怨恨他们。

我确信没有女人会爱我,我想你大概能感同身受。这种确信舒适且平和,并非固执,也未必与我的决心矛盾。之所以我的不同自身存在条件和解的决心,能与我不会被爱的确信同时存在,是因为若我相信有女人会爱残疾人,那么我便一定程度上和自己的自身条件达成了和解。我明白,人们很难准确判断现实的勇气和幻想的勇气。我虽明白,却感到自己有些沉溺于幻想。

我得先说明白,我从没想过像其他人那样去找妓女来完成第一次。因为妓女并非出于爱而接客。无论你是老人、乞丐、瞎子,还是美男子,妓女都能接待,若不知情连传染病患者也照单全收。普通人会在这种无差别待遇面前放心地购买第一个妓女的服务。但我无法忍受这种一视同仁。若去寻花问柳,我不就沦为和四肢健全的男人毫无差别的人了?那岂不是亵渎了自己?若我的跛足这一自身条件遭人无视,那我也就不复存在了。想必你现在也有这样的恐惧,我也曾深陷其中。我想,如果要使我的自身条件被社会全盘接受,我必须付出超乎常人的努力。所谓人生就是这样。

不满使我们和这个世界对立,只有通过自身的变化或世界的变化才可消除。但我憎恨变化的幻想。基于逻辑,我确信若世界变化,我便不复存在,若我变化,世界便不复存在。这种笃信反而成为一种和解与释怀,因为"残缺的我得不到爱"这一想法并不与这个世界相违背。残废面临的最后一个陷阱,并非消除对立,而是全盘接受对立。若这样想的话,残废便再无可救药……

青春期(这个词我倒用得很坦率)的我,遇上一件难以置信的事。有一位施主家的女儿,面容姣好,是神户女校出身的富家千金。奇怪的是,她竟向我表达了爱慕之意,以致我有好一会儿都不敢相信自己的耳朵。

我生来不幸,因此擅长观察人心。我没有简单地将她示爱的动机归结为同情,进而和自己闹别扭。她绝非只因同情而爱上我。据我推测，她会这么做的原因在于她那超乎常人的自尊心。她知道自己漂亮，也知道自己在男人中十分抢手，所以无法接受那些自信的追求者。她不能平等地衡量自己的自尊心和追求者势在必得的信心。也就是说，她厌恶所谓良缘。她打破了爱的平衡（这一点上她倒是很诚实），向我表明了爱意。

我早就有了答案。或许你会嘲笑我，但我的答案的确是"我不爱你"。除此之外，我还有别的答案吗？若我被表白，就感到自己奇货可居，还回答"我也爱你"，岂不滑稽？岂不酿成悲剧？外表滑稽的男人，应该知道如何巧妙地避免自己沦为悲剧。人一旦成了悲剧，便会对自己失去信心。尽量不使自己可悲，不仅对自己，对他人的灵魂也至关重要。因此，我才坚定地说出"我不爱你"。

女人却并未退缩，只说我在撒谎。你真该见识见识她一边保护自己的自尊心，一边用心良苦地劝说我的样子。她不相信会有男人不爱自己。说不爱的男人也只是嘴上说说而已。她悯然不顾我准确的判断，坚信我早已坠入爱河。假设她果真爱我，那么她便爱错了对象。女人很聪明，早已算计好，夸赞我这张丑陋的脸会惹怒我，夸赞我的跛足又会激怒我，若说爱的不是我的外表而是我的内心，我必怒不可遏。因此，她只不停地重复"我爱你"。我盘算了一下，知道了该以怎样的情感来回应。

我难以接受她这种不合理的行为，可我的欲望却愈发强烈，以至将我和她捆绑在了一起。如果她爱的果真是我并非他人，我也必须是不同于他人的个体——这就是我的跛足。因此，她不说我也知道她爱的是我的跛足。我的逻辑推理告诉我若她爱的不是跛足，这份爱就不可能成立。但若我承认我的自身条件中有除跛足以外的其他特征，便意味着我承认了特征的相互性，承认了他人存在的理由，进而承认自己身处这个世界的包围圈中。她的爱不过是错觉，我不能接受这份爱，我不爱她。因此，我反复说道："我不爱你"。

奇怪的是，我越说不爱，她便越在爱我的错觉中沉沦，最终发展到想要把身子给我。她的身体光彩照人，美艳动人，但我却无法满足她。

这场闹剧使所有难题迎刃而解。最终，我成功地证明了"我不爱她"，她也离我而去。

我虽然为此感到羞耻，但和跛足相比，这根本不足挂齿。使我感到狼狈的是别的事。我知道我那时满足不了她的原因。一想到这双跛足即将触碰那双美丽的腿，我的情欲便瞬间消失。这一发现击碎了我从得不到爱这一确信中获得的安全感，使我心慌意乱。

为什么呢？因为那时我的喜悦是肤浅的。我本想通过释放情欲来证实"爱的不可能"，不料肉体叛变了，我的精神渴求竟体现在了肉体的失败上。我遇上了矛盾。换个表达方式，我笃信自己得不到爱，并以此幻想爱。直至最后，我才明白错将欲望当作爱，这才松了一口气。然而，欲望却要我忘掉自身的条件，并放弃我唯一的堡垒，承认爱是可能的。我原以为欲望是一种明晰可见的东西，不料它要求我沉浸在自己的幻想里。

打那时起，我开始更多地关注我的肉体而不是精神，但只能幻想纯粹的欲望。我幻想自己幻化成无所不在的风，她却看不见我的存在。我轻松地接近她，爱抚她，潜入其内部……当你谈论肉体苏醒时，你想象的应是某个有重量的、不透明的、真实存在的"物体"吧！然而于我而言，谈及欲望时，我想象的是透明的、看不见的东西。我的欲望就是一阵风。

但跛足又来阻挠我，它永远不会透明。虽称之为足，它却更像一种顽固的精神。它作为一个"物体"，却以比肉体更真实的形态存在于世。

人们认为借助镜子才能看见自己，实则不然，残废也是一面无处不在的镜子。它24小时在我眼前，映出我的样子，提醒我跛足的存在。因此，世间所谓不安与焦躁对我而言不过是儿戏，我对此稳如泰山。我以跛足的形式存在，和太阳、地球、漂亮的小鸟和丑陋的鳄鱼之类的存在一样，不可动摇。世界宛如墓石，岿然不动。

怡然自得、孑然一身，这是我独特的生存方式。人存在的意义是什么？有人会因找不到意义而心急如焚，甚至自杀，我却悠然自得。跛足是我生存的条件，是理由，是目的，也是理想……是存在本身。它仅仅存在便足够了。人类对存在的不安，不正是来源于对自身存在的贪得无厌吗？这种不满难道不奢侈吗？

我住的村里有个老寡妇。有人说她六十岁，也有人说她不止六十岁。我盘算着向她下手。在她亡夫忌日那天，我代父亲前去念经。她没有亲戚，那日灵前只有我和她两个人。待念完经后，她请我去别的房间喝茶。时值夏日，我想洗个澡，便脱掉衣服，赤裸着身体，让她给我往背上浇水。当她满怀同情地盯着我的脚看时，我打起了她的主意。

回到刚才念经的房间后，我一边擦身子，一边若无其事地编起了故事，称菩萨在我母亲的梦中显灵说待孩子成年，只要诚心诚意地叩拜孩子的双脚，必能通往极乐世界。这老妇听信了我的谎言，捻着佛珠，虔诚地望着我。我信口诵经，手握佛珠在胸口合掌，像死尸般赤裸裸地仰面横躺在地上。我闭上眼睛，口中依旧诵着经。

你只管想象我是如何忍住笑的。我喜不自禁，但绝没有沉浸在自己的幻想里。老妇一边念经，一边频频跪拜我的双脚。我的脑海里只想着自己受到跪拜的双脚，眼前发生的滑稽事态却令我快喘不上气来。跛足、跛足，我心里只有跛足，脑海里也只有跛足：它奇怪的形状，现在它身处的滑稽状况，以及引发的狂妄闹剧。不断磕头的老妇的散发碰到我的脚心，那几分痒劲儿愈发使我感到好笑。

过去，当我碰到那美丽的双脚变得无能为力后，我便一直错怪欲望。因为在这丑恶状况的当下，我意识到了自己的亢奋。但在欲望真正向我袭来时，我却丝毫没有沉浸于自我的亢奋！

我翻身而起，猛地推倒了老妇。我都没时间想当时她何以如此镇定。她没有起身，依旧紧闭着双眼，诵经不止。

更不可思议的是，她念起了《大悲心陀罗尼经》[①]中的一节。我清

[①]《大悲咒》，亦称《千手千眼陀罗尼经》，称颂千手观音功德的经文，共八十二句。陀罗尼，指以梵音诵读经文长句，并将获得种种功德。

晰地记得是：

伊醯伊醯。室那室那。阿啰参·佛啰舍利。罚沙罚嘇。佛啰舍那。

想必你也知道，根据"解释"，这段话的意思是：

"供奉顺道，供奉智慧，洗刷贪嗔痴，修得清净法身得佛。"

我眼前这位紧闭双眼的老妇，想来已有 60 多岁，脸上没有任何打扮，只有一张晒黑的脸，但我的亢奋没有丝毫消退。紧接着闹剧进入高潮：不知不觉，我深陷诱惑……

不知不觉这种表达太过文艺了。我眼观所有，清醒地看着"地狱"的全貌呈现在我眼前。我在黑暗中看到了地狱所有的特点！

老妇脸上布满皱纹，既不美丽也不神圣。但她的丑陋和衰老，证实了我内在的精神状态——我没有幻想过要得到什么。有谁能断言在没有幻想的情况下，美若天仙的脸不会变为老妇这样的脸呢？我的跛足和这张脸……没错，眼见的现实使我亢奋。我终于能平静地看待我的欲望。我也懂得了关键不在于如何拉近我同对象间的距离，而在于为了使对象之所以为对象，应如何保持我同对象间的距离。

看着好了。为了使自己不受困于不安，我独创了一套情欲理论。这套理论不再发展，也已达到目的。它和人们所称的沉迷有着相似的构想。欲望类似于隐身蓑衣或风，它促成的肉体结合不过是梦，我注视这一切时也被这一切注视。我的跛足在同欲望的结合的瞬间，和我的女人一道被置于现实世界，同我保持着一定的距离。现实是跛足、是女人，欲望不过是假象。眼见现实的我无限沉沦于假象，并朝着注视我的现实射精。我的跛足同女人没有触碰,没有结合,都处于世界的外部……亢奋的欲望永无节制,因为那双美丽的腿永远不会碰到我的跛足。

"我的想法很费解吧?我解释给你听:自那以后我便能坦然地笃信'爱的不可能',想必你也明白这种感受。没有不安,也没有爱。世界永远停止转动,也已达成目标。有必要刻意为这个世界加注称'我们的世界'吗?所有与世间的'爱'相关的迷妄,我都能一言定义之——这是假象和现实的结合。现在我终于明白了爱的不可能,的确是人类存在的根本形态。这便是我完成第一次的来龙去脉。"

直到柏木讲完,我才喘了一口气。我第一次接触到这样的思考方式。强烈的震撼和持续的痛苦袭来,使我头晕目眩。柏木讲完后又过了一会儿,春光才逐渐在我四周苏醒,明亮的三叶草草丛随即发出耀眼的光芒,身后篮球场上传来的欢呼声也传入耳中。一切依旧,依然是这个春日的正午。但一切的意义都好像已经有了变化。

为了打破沉默的僵局,我结结巴巴、笨嘴笨舌地说道:

"所以打那以后,你一直都很孤独,是吧?"

柏木又仿佛没听懂似的,恶作剧般重复了一遍我的话,但之后的回答却使我倍感亲切。

"你说孤独?为什么非孤独不可?以后相处的日子里,你慢慢就会知道我是个什么样的人了。"

铃声响起，提醒我该去上课了。我站起身来，柏木却一动不动，不怀好意地扯着我的袖口。我的校服是在临济学院念书时穿的校服，经缝缝补补，再换上了新纽扣改补而成，因此又旧又破。再加上我本就身材单薄，穿上这件校服便更显瘦小。

"这节课是汉文课吧？无聊透顶！不如我们去散散步吧！"

柏木说罢，费了好大的劲儿才站起身来。他的身体像拆卸后又重新拼装起来似的，令我想起电影里骆驼起身的样子。

我还从未逃过课，但由于不想错失进一步了解柏木的机会，我便和他一道走向了正门。

出了正门，柏木独特的走路方式引起了我的注意，又唤醒了我的羞耻感。不可思议的是，我竟同一般人一样因为同他走在一起而感到难为情。

由于柏木，我才清楚地知道我的羞耻感来自何处。同时他又催促着我踏上自己人生的旅程……我所有不体面的情感和邪心恶念在他言语的陶冶下，反而焕发出勃勃生机。因此，当我们踏上砂石路、走出红砖瓦正门时，正对着我的比睿山在春日下更显温润，仿佛这座山第一次展现出其美妙身姿似的。

过去沉睡在我周围的众多事物也像比睿山一样，映入我眼帘时带上了新的意义。比睿山山峰虽显突兀，山麓却十分开阔，一直向远方伸展开来，仿佛主题音乐的余韵，永恒萦绕心头。

近处，低矮的房屋星罗棋布。远处，比睿山山腰春意盎然，色彩千变万化。山的褶皱落在一片阴影里,埋于山腰浓淡分明的绿野间。郁郁葱葱中,唯独这片阴影格外鲜明。

大谷大学门前行人稀疏,车也不多。连接京都站前到乌丸车库前的电车线路处,偶有一二声电车的鸣笛。道路那头大学操场陈旧的门柱,和道路这头的正门相对而立。我们左手边刚长出新芽的银杏站成一排,一直延伸向远方。

"我们去操场转转吧!"柏木说着,走在我前面穿过了电车轨道。

他浑身猛烈地抽搐着,像高速扭动的水轮机一样,狂奔穿过了没什么车的车道。

宽阔的运动场那头,或是没课或是逃课的学生三五成群地玩着扔接球,这头有五六个人在练习马拉松。战争才结束两年,青年们又在想方设法地消耗体力,而我却在寺庙寡淡的餐食中苦不堪言。

我们坐在腐朽的圆木秋千[①]上,漫无目的地眺望着跑近又跑远的马拉松练习者。四周阳光明媚,微风轻拂过我的脸庞,这种感觉仿佛穿上新衬衣般贴身舒适。我只静静地感受着逃课这段时间里流逝的时光。一队运动员迈着沉重的步伐,气喘吁吁地跑向我们,又渐渐远去,留下一片凌乱的脚步声和飘扬的尘土。

"真是一群笨蛋。"柏木说道,他的语气中没有一丝嘴硬,"他们那副德行算什么玩意儿!那样就叫健康吗!向别人炫耀健康有什么

[①] 体育运动器械。用一根长木头挂在架下,人在上面用力使木头摇荡,顺势做各种动作。也称浪木。

意义!"

"体育活动所到之处无不兴师动众,真是末日来临的预兆。该公开的东西却一点儿也不公开。该公开的东西……我是在说死刑。为什么不公开执行死刑呢?"柏木像说梦话般继续说道,"难道战争后的安宁和秩序,不都是仰仗于公开死亡的惨状吗?据说是因为死刑让人变得杀气腾腾才不公开的,真是愚蠢透顶。那些在空袭后清理尸体的人,哪一个不是快活的样子!"

"见过人的苦闷、流血和临终前的呻吟,人才会懂得谦虚,内心才会变得细腻、积极且平和。因此,我们之所以会突然变得残酷、杀气腾腾,绝不是因为我们看见过痛苦。在一个风和日丽的春日午后,在修剪得整整齐齐的草坪上,在无意眺望透过树林的阳光时,在类似这样的瞬间,我们才会性情大变,变得残暴不已。"

"世间所有的噩梦,以及历史上所有的噩梦都是这样诞生的。那些光天化日之下,满身血迹、苦闷而死的人为噩梦勾勒出清晰的轮廓,将噩梦具体化。噩梦不过是他人肉体上深刻的苦痛,并非我们的苦恼。可是他人的苦痛,与我们并不相通。什么叫救赎?不过是冠冕堂皇的借口!"

然而当下,相比他这段血腥的武断言论(当然他这段话也有一些魅力),我对他完成第一次后的经历更感兴趣。我之前也讲过了,我十分期待经历他所经历的"人生",于是我插了一句话,把话题引到这个方向。

"你是在问女人？我最近凭直觉就能找出喜欢跛足的女人。有这么一种女人，她们喜欢跛足，但她们唯一的怪癖，或者说唯一的梦想就是一字不提地保守这个秘密，然后等死时将这个秘密一同带进坟墓。"

"让我想想，一眼就能分辨出她喜欢跛足的女人有什么样的特征呢？这样的女人基本上都是万里挑一的美人，鼻尖高而冷漠，嘴老是似张非张……"

正在这时，从对面走来一个女子。

第 五 章

　　女子走在运动场外的行人道上。这条行人道比运动场低两尺左右,将运动场与住宅区隔开来。

　　她从住宅区内一栋西班牙式宅邸的矮门走了出来。这栋宏伟壮丽的建筑有两个烟囱,四面的玻璃窗上饰有格纹,还有一个宽阔的温室玻璃顶,给人以易碎的感觉。运动场靠着道路的一侧立有一张铁丝网显然是在房屋主人的抗议下设置的。

　　柏木和我坐在铁丝网旁的圆木秋千上。我偷偷望向女子,不禁感到惊讶:眼前这张冷傲的面庞不正是方才柏木解释的"喜欢跛足"的女子所特有的长相吗?现在回想起来,我那时的反应未免可笑,恐怕柏木一早便已对这张脸朝思暮想,再熟悉不过了。

　　女子徐徐前行,我们静候她走来。春光洒满大地,对面的比睿山闪耀着藏青色光辉。我还沉浸在方才柏木带给我的感动里,他那不同寻常的表述使我深深沉醉。他的跛足和他的女子,像夜空中永不接触的两颗明星,各自散落在真实的世界里,他却在假象的世界里无限沉沦，达到情欲的高潮。这时，云层横在太阳前，稀薄的阴影瞬间包围了我和柏木，我不由得感到我们的世界即将以假象示人。一切都在灰蒙蒙的视线中化为虚无，我的存在也随之缥缈起来。恍惚间，只剩对面闪烁着藏青色光芒的比睿山和缓缓走来的高傲女子真实存在于世界，光彩夺目。

女子如期而至。她走近我们，一张萍水相逢的脸渐渐清晰起来。

柏木站起身来，贴着我的耳根，压低嗓门沉沉地说道："走，照我说的做。"

我不得不迈动步伐，沿着高出行人道两尺左右的石墙，与女子平行走在运动场里。

"跳下去。"

柏木用锋利的指尖狠狠地捅了我一下。两尺并不算高。我跨过低矮的石墙，跳下了行人道。可随着一阵可怕的尖叫声，跛足的柏木重重地摔了下来。他跳失败了。

他那被黑色校服遮挡的脊背在我眼前翻滚。这身姿不像是一个人，反而像一个毫无意义的黑色污点儿，或者像一滩雨后混浊的脏水。

柏木是故意摔倒在女子面前的。我好一会儿才回过神来，蹲下身准备扶他起来。女子愣在柏木跟前。看着她那冷冽的鼻子，微微张开的嘴角，水灵的双眼，恍惚间，我仿佛看到了月下有为子的面庞。

可也只是瞬间，这张面庞消失不见了，取而代之的是一个不到二十岁的女子。她轻蔑地望向我们，转身打算离去。

柏木比我还敏锐，瞬间察觉出女子的意图。他大叫起来，那骇人的尖叫声在正午没有生气的住宅区内盘旋回响。

"你打算视而不见吗？真是无情！我可是因为你才摔成这样的！"

女子哆哆嗦嗦地回过头来，又长又细的手指来回摩擦失去血色的脸颊，过了一会儿才问我们：

"怎么办才好呢？"

柏木这会儿抬起了头，直勾勾地盯着女子，一字一句地说道：

"你家里总归有些药吧？"

沉默片刻后，女子转过身原路返回。我搀扶起柏木。方才躺在地上的他痛苦地喘着粗气，似乎身体沉重不堪，当他搭上我的肩行走时，却走得如此轻快……

我搀扶着柏木，跟在女子身后走进了那栋西班牙风格的建筑。刚穿过矮门，一阵恐惧感便向我袭来。我把柏木丢在原地，一股脑儿地逃离了那里。我甚至没来得及回学校一趟，便跑过了寂静的行人道，跑过了药店、点心店、电器店，跑过一家家商铺。紫色和红色的光斑在我的眼角跳跃，这应是跑过天理教弘德分教堂门前时。教堂的黑墙上挂有红灯笼，灯笼上画有梅花纹饰的家徽，门前垂着印有同样花纹的紫色帷幕。

我一路跑到乌丸车库前车站，跳上了电车。当电车启动时，我才喘过气来，掌心里早已渗满了汗水。

我不知道自己急匆匆要赶往何处。直至电车缓缓驶向紫原①时，才明白自己如此心急如焚只为赶回金阁身旁。

平日里的金阁寺已够热闹了，更别说眼下正是观光季。那日，金阁寺人山人海。老导游惊讶地看着我拨开人群，奔向金阁。

我站在春日的金阁前，四周是飞舞的尘埃和面相丑陋的众生。导游们的叫喊声在空中盘旋，金阁佯装不知自身的美，仿佛一位犹抱琵琶半遮面的美人，只有池中的投影依旧清晰。但当我凑近看时，池中的倒影又仿佛《圣众来迎图》②中众菩萨簇拥的来迎弥陀③似的。混杂尘埃的云层，像包围众菩萨的金色云絮。而身处尘埃的金阁时隐时现，恍若年代久远的褪色颜料，又仿佛画中经久未修、终难辨其为何物的花纹。四下里的喧嚣声和嘈杂声渗入岿然不动的精美梁柱里，顺着狭小的究竟顶和顶尖的金凤凰，愈高愈细，飘至泛白的天空，旋转着融入无边的苍穹。这一切不足为奇。建筑的存在本身便意味着统制和规制。金阁这座建筑，却因西面的漱清和面积不等的二三层而愈发显得不协调。四周越是喧嚣，它便越发像滤水器般，滤过这些杂音。金阁不拒绝人们的窃窃私语、打闹嬉戏，将其一一吸入其中，滤为一片寂静、一片澄明。一如湖中纹丝不动的倒影一样，屹立于大地的金阁在不知

---

① 京都市北区地名。
② 公元11世纪宇治凤凰堂内的宗教屏风画，根据惠心教的教义描绘的一幅九品莲台图景。
③ 佛教徒临终时阿弥陀佛携菩萨一起前来接引，去往极乐净土。

不觉中成为永恒。

我的心逐渐平静，恐惧渐渐散去。我心中的美必须如此，必须将我同人生隔绝开来，并保护我免受其害。我祈祷般默念道：

"我无法承受柏木那样的人生。请一定保佑我不会成为他那样的人！"

柏木通过语言暗示并通过行动演示的人生中，生存或毁灭的意义并无二致。这样的人生既不符合自然的规律，也缺乏金阁般的构造之美，只剩下痛彻心扉的痉挛。诚然，我曾向往过这样的人生，并已决定了人生日后的方向。可我没有勇气拣起生存的碎片，我怕碎片的荆棘使我的双手血肉模糊。柏木瞧不上本能，亦对理智不屑一顾。他的存在如同五颜六色的皮球般四处打滚儿，试图撞破现实的围墙。这甚至算不上一种行为。他所暗示的人生不过是一场危险的闹剧，只为摧毁假借未知欺骗我们的现实，再清扫出一个没有未知的世界。

我能知道这一切，是因为之后某一天我去他的出租屋时，看到了这样一张广告贴画。

那是旅行协会发行的一张精美石版印刷画，画上的日本阿尔卑斯山①，其山顶积雪飘浮在晴朗的半空中，横排印刷字写道："前往未知的世界，欢迎勇敢的你！"柏木恶毒地在这排文字上打了一个大红叉，在旁边潦草地添上："难以容忍未知的世界。"

---

① 日本中部地区的飞騨、木曾、赤石等山脉的总称。

这行鲜艳的红色文字使我联想到他跛足的步行姿态。

第二天我去上学时,还挂念着柏木身体是否要紧。当时我虽丢下他独自逃跑,却也是我重视友情的体现,因此我未觉有何不妥。话虽如此,我依然有些担心今天看不到他的身影……快上课时,柏木同往日一样,不自然地高耸着肩膀走进了教室。

一下课我便抓住了他的手臂,我很少做出这种快速的举动。他歪了歪嘴笑了,跟着我来到了走廊。

"你的伤不要紧吧?"

"什么伤?"柏木笑道,向我投来怜悯的目光,"我什么时候受过伤?你不会是做梦了吧?"

我没接上柏木的话。直到他把我逼急后他才道出实情。

"那不过是演戏罢了。我之前一直在练习,下了好大功夫才练出那种夸张的摔法。你那会儿看我是否像骨折了一样?不过那女子装没事人似的径直走开倒是出乎我的意料。不过你可瞧好了,那女子已经迷上我了。不对,应该说她对我的跛足着了迷。她可是亲手给我的双脚涂了好几层碘酒呢!"

他提起裤子的下摆,给我展示了他那微黄的小腿。

眼见柏木这般奸诈,我不禁心生疑问:他在路上摔倒的确是想吸引女子的注意,可假装受伤不正好能隐瞒他的跛足吗?我内心的疑问却没有演化成对他的鄙夷,反而催生出一颗拉近我与他关系的种子。

或许因为我还太年轻,他的哲学思想里越是充满阴谋诡计,我便越相信他对待人生的态度真诚可信。

鹤川却并不看好我与柏木的友情。他以朋友的身份前来忠告我,我对此心生厌烦。不仅如此,我还辩解道:"你能交到好的朋友,而我只配柏木这种人。"那时,鹤川眼里浮现的是难以言喻的悲伤。日后每每回想起他的眼神,我都会无一例外地陷入无限的悔恨。

***

时至五月。柏木不喜欢人多的休息日,便提议挑一天工作日旷课去岚山游玩。不愧是柏木,他总是说若遇晴天便不出门,只有乌云遍布的阴天才出门。他打算叫上之前替他涂碘酒的女子,怕我落单还计划带上他房东家的女儿。

当天恰巧是五月罕见的阴沉天,我们相约在京福电铁的北野站见面,当地人将京福电铁亲切地称作岚电。

鹤川家似乎发生了一些事情,便请了一周的假回了东京。往常我们都是一同上学的,他虽绝不会告我的状,但一想到不用在上学途中向他撒谎,我便松了一口气。

然而,这次游山给我留下了苦涩的回忆。游山一行虽都是年轻人,但青春时光的黑暗、浮躁、不安和虚无感却整日笼罩在那日的天空。恐怕柏木也早有察觉,才刻意要挑阴沉且灰暗的天气出行。

那日吹的是西南风。风势总骤起骤停，不时化作不安的微风在空气中窸窣作响。天虽灰暗，模模糊糊中却也能寻见太阳的所在。云絮中透出模糊不清的白光，仿佛女人套装前襟微微露出的白色胸口。透过云絮，隐隐约约能感觉到太阳藏匿白光的深处。可不到片刻，太阳又融入灰暗的天空，再也寻不见了。

柏木没有撒谎。他身旁真的有两名妙龄少女，他们三人一起出现在车站检票口。

其中一人的确是之前提到的女子。她依然那么美，鼻梁挺拔且冷漠，嘴角依旧微张着，身穿舶来布料西装，背着一个水瓶。微胖的房东女儿站在女子前面，身材打扮都相形见绌，唯有小巧的下巴和紧闭的双唇带着一丝妩媚。

本应愉悦的游山气氛在前往岚山的车内已荡然无存。柏木和女子争执不停。我不知道他们为什么吵，只见女人不时紧咬下唇，强忍泪水。一旁的房东女儿则似乎对所有事都漠不关心似的，只自顾自地哼着流行小曲，却又突然朝我说道：

"我家附近住着一位漂亮的插花师傅。前一阵儿她给我讲了一个悲伤的爱情故事，现在讲给你听。她的心上人是一名陆军将校，但双方父母都不看好这段姻缘。战争期间，将校不得不动身前往战场。分别前，二人只能在南禅寺相见片刻。可怜临别之际，他们的孩子难产死了。将校悲痛之余，要求喝一口孩子母亲的乳汁。因时间紧急，她便当场往茶里挤了乳汁，了却了将校的心愿。一个月之后，她的爱人战死沙场，她却坚贞不渝，至今独守空房。哎，真是可惜了，明明那么年轻又那么漂亮。"

我一时难以置信。战争临近尾声时，我和鹤川站在南禅寺山门望见的光景又浮现在了脑海里。我有意向房东女儿隐瞒了这一切。若我告诉她，那么听到这个故事时的感动，将背叛那时眼见这一情景时的神秘感动。若我默不作声，这个故事不仅不会解开当时的谜团，还会在这层谜团上再添一层神秘的雾纱，使一切变得扑朔迷离。

电车恰好驶过鸣泷附近的大竹林旁。五月的竹叶枯黄凋零，黄叶竹丛的梢头随风摇曳，根处却不为所动似的，安静地在密林深处纵横交错，勾画出一地杂乱。电车疾驰前行，离车轨最近的一丛竹子弯下身子，在风中夸张地舞动。一株与众不同散发着光泽的翠竹映入我的眼帘，它猛烈摇摆的身姿、异常妖艳的舞姿，落入我的双眼，又远去了，消失了……

我们一行抵达岚山，走到渡月桥前，拜了拜过去我一直未曾留意过的小督局[①]石墓。

[①] 权中纳言藤原成范之女，或为藤原通宪之女，高仓天皇宠妃。由皇后建礼门院推举入宫。因招致建礼门院父亲平清盛不满隐居于嵯峨野。源仲国敕命迎其回宫，被平清盛发现后削发为尼。今春禅行所作谣曲《小督》中有一段是源仲国于中秋月明之日前去迎小督局，宣读高仓院诏敕。

小督局因忌惮平清盛①而隐居于嵯峨野。源仲国敕命前往寻找小督局下落并接其回宫。中秋月明之夜,源仲国顺着微弱的琴声,找到了小督局的藏身之处。小督局所奏之曲为《想夫恋》。谣曲②《小督》里唱道:"明月当空心神往,参菩提时,忽闻琴声扬。松涛扰琴岚风凉。不得琴声夜漫长。细细听来琴惆怅,原是想夫曲凄凉。寻得故人喜难忘。"小督局后来却未能回到高仓天皇身边,在嵯峨野的尼庵里怀着对高仓天皇的思念度过了她的后半生。

小督局的坟墓在小径深处,不过是一块小石碑,两侧种着巨大的枫树和腐朽的梅花古树。我和柏木在石碑旁像煞有介事地诵了几句短经。我沾染了柏木诵经时装模作样的冒渎习惯,带着学生哼歌时的轻松心情诵起了经。这样的亵渎做法虽微不足道,却彻底释放了我的压抑,使我浑身充满朝气。

"所谓优雅的坟墓,不过是简陋寒碜。"柏木说道,"有政治权力和财力的人往往会留下气派壮观的坟墓。但若是那些家伙生前没点儿想象力,坟墓也只能交由没有想象力的人来建。然而人们只能借助想象力来判断坟墓优雅与否,便留下了这种只供人想象的东西,这反倒可悲。人都没了,还不得不永远乞求他人的想象力。"

---

① 1118—1181。平安末期伊势平氏将军。"平治之乱"中击溃源氏一族势力后,成为当时日本最有权势的人物。出任太政大臣。通过立其女平德子为高仓天皇皇后,与皇室结成裙带关系。之后总揽朝局。
② 日本能乐中的唱段和相当于念白的台词。

"你是说优雅只存在于想象力中吗？"我趁机接上他的话，"你所谓现实——优雅的现实究竟是什么？"

"就是它。"柏木用手掌拍了拍石塔顶部，发出啪嗒声，"石头，或是骨头，人死后留下的无机部分。"

"你的想法很有佛教特色嘛！"

"跟佛教有什么相干？优雅、文化、人类观念里的美，这类东西的所有现实不过是毫无意义的无机物。龙安寺①是一堆石头，哲学是石头，艺术也只是石头。人们不是将自己'有机的关心'称作'情'吗？也不过是政治的宣传罢了。人实则为不折不扣地自我冒渎的生物。"

"性欲属于哪一种呢？"

"性欲？它介于两者之间吧，在人和石头间来回绕圈捉迷藏呢。"

我当下便想反驳他关于美的论证，但不巧两个女人厌倦了柏木和我的长篇大论而折回了小径，我和柏木也只好追了上去。我们站在小径上望向保津川，只能看见渡月桥北边的桥墩。河对岸的岚山发出阴郁的绿光，河流在靠近岚山的地方，溅起朵朵飞花，在山麓勾出一条白线，潺潺的水流声不绝于耳。

河面上有不少载客的船只。但当我们一行沿着河岸前行至尽头的龟山公园时，才从公园正门处散落一地的碎纸屑中看出今天公园里没

---

① 细川胜元于1450年（宝德二年）创建的临济宗妙心寺派禅宗古寺。石庭相传为相阿弥所作。在寺庙方丈前一片矩形的白砂地上，分布着5组共15个岩石，无一草一木。此类庭院样式受室町时代传入日本的宋明山水画影响，称作枯山水。

什么游人。

进入公园,我们又一次回头眺望保津川和对岸的岚山。岚山新叶初放,山上有一道小瀑布倾泻而下。

"美景乃地狱啊!"柏木又说道。

我不懂他这话的意思,却模仿着他的样子,尝试着注视地狱般的望向对岸的风景。这努力并没有徒劳。眼前新叶包围的风景中,渐渐浮现出地狱的模样。如此一来,地狱便可不分白昼黑夜、随时随地地出现。不过是随意呼之,地狱便存在于此。

相传岚山上的樱花是公元13世纪从吉野山移植来的,到这个季节,樱花早已凋零,换上了绿叶。在这片土地上,花季一过,便再无花,花只能成为人们口中的声声呼喊,成为"死去的美人"。

龟山公园里最多的是松树,并不为季节的变化而改变。公园内一望无际的山脉起伏,青松傲然立于其中。而松树树尖处却没有绿叶,无数秃枝干不规则地交叉着,错乱了远近,使我感到心烦意乱。

登山路起起伏伏,迂回盘旋,四周遍布灌木残桩,还有一些矮松。石头将步道染成白色,偶有岩石在白色步道上蹿出半个脑袋,旁边环绕着大片姹紫嫣红的杜鹃花。这鲜艳夺目的色彩在阴沉的天空下,倒显得不怀好意似的。

一对男女坐在凹地里的秋千上。我们从旁走过,登上小丘。丘陵顶上有一座凉亭,我们便在那里稍事歇息。往东面望去,公园的全貌尽收眼底。往西面则可俯视树木掩映下静静流淌的保津川。其间秋千摇晃的声响，仿佛磨牙的声音咯吱咯吱地飘入凉亭。

女子打开了饭盒。柏木没有撒谎，真的不用带饭。因为女子的饭盒里有四人份的三明治，还有很难买到的西洋点心，竟然还有一瓶威士忌。那会儿，威士忌是占领军的专属饮品，在整个京阪神地区①，只有在开设有黑市交易中心的京都才能买到。

我手里拿着玻璃杯，同柏木碰了碰杯，却几乎没怎么动酒。两名女子只喝水壶里的红茶。

我依旧对柏木和女子间的亲密关系感到半信半疑。我不明白，一个孤傲的女子和一个天生跛足的穷书生何以如此亲密？像是为解答我的疑问似的，柏木两三杯酒下肚后说道：

"刚刚我和她在电车上吵架，你还记得吧！那是因为她家里人逼她嫁给一个她讨厌的人，她就快败下阵来了。我便半带威胁地安慰她说我将彻底毁了这桩婚事。"

这些事本不该当着本人的面说的，柏木却全然不在意。女子的表情还和刚才一样，没有任何异样。她背对着阴沉的天空，纤柔的脖子上挂着镶有陶片的蓝色项链，鬓发的轮廓柔和了过于高傲的脸庞。唯独她那水灵灵的眼睛给人留下鲜明且真实的印象，仿佛随时能掉出泪水似的。她的嘴角仍同往常一样微微张着，从双唇的间隙，可以窥见

---

① 京都大阪神户地区。

她那一颗颗清爽亮白的牙齿,像小动物的牙一样,给人以小巧且锋利的感觉。

"疼!好疼!"柏木再次突然俯下身来,按住小腿呻吟道。我慌忙躬下身想帮他,却被他一把推开,并向我投来诡异的冷笑。我随即收回了手。

"好疼!好疼!"柏木再次逼真地呻吟道。我下意识地望向女子。这张动人的脸庞大惊失色,眼神里充满焦急不安,双唇哆哆嗦嗦,唯独那挺拔且冷漠的鼻梁纹丝不动,与其他五官形成鲜明对比。她的脸甚至因为不安而扭曲得变形了。

"你忍一忍!再忍一忍!我这就给你治!这就给你治!"我第一次听到她旁若无人般尖锐的声音。女人抬起纤长的脖颈,望了望四周,突然跪在凉亭的石头上,抱起柏木的小腿,把脸贴上去,吻在了柏木的小腿上。

我那次逃跑时的恐惧又一次袭来。我看向房东女儿,她依旧不为所动,望着其他方向自顾自地哼着歌。

……或许是我的错觉,我感到阳光透过云层倾泻而来。公园静悄悄的,但其全景构图却发出不和谐的噪声。松林、波光、远山淡影、白色的岩纹、零星散落的杜鹃花……在这些景物构成的明亮构图里,我感到无数细长的裂纹一直蔓延,直至整幅画面的边角。

应该发生的"奇迹"好像的确发生了。柏木逐渐停止了呻吟,抬起了头,望向我时又一次投来了冷笑的目光。

"治好了！真是不可思议！每次痛的时候，只要你这样帮我，疼痛感便消失了。"

柏木说道，两手抓着女子的头发将她的头抬了起来。女子脸上浮现出狗一般忠诚的表情，微笑地仰望着柏木。或许是白云在作祟，女子动人的面庞在我眼里，瞬间变形成柏木所讲的那位六十多岁老妇的面容。

——"奇迹"降临后的柏木恢复了活力。与其说是活力，不如说他几乎发狂。他大笑着把女子抱到膝上亲吻起来。他的笑声一直传到洼地里，久久地在松树枝头回荡。

"你怎么不说话呢？"柏木对默不作声的我说道，"我可是特地为你带来了一个女生。难不成因为怕被她嘲笑你是结巴？结巴！结巴！说不定她还就喜欢结巴呢！"

"是个结巴啊？"房东女儿似乎才明白过来，"《三个残疾人①》就凑齐了两个。"

这句话深深刺痛了我，使我无地自容。不可思议的是，我对房东女儿的憎恶使我晕头转向，转瞬竟变作欲望。

"我们分为两组各自找个地方躲起来吧！两个小时后在这个凉亭集合。"柏木饶有兴致地俯视着秋千上的男女说道。

---

① 日本狂言剧目之一。讲的是三个骗子假扮瞎子、哑巴和瘫子受雇于一位善良的财主。他们趁财主外出间隙，偷偷地打开酒仓纵情饮酒，不料财主回来，三人慌作一团，竟弄错了各自的角色，最终落荒而逃的故事。

我同柏木、女子分开后，和房东女儿一起，向北走下了小丘陵，又绕回东边，登上了缓坡。

"那个人把那位小姐捧成了'圣女'，他就这点儿招数。"房东女儿说道。

听罢，我结结巴巴地问道：

"你……你……你怎么知道？"

"那不是因为，我和柏木也有过一段关系嘛。"

"也就是说，现在没有关系了吧？一点儿也看不出来，因为你好像无所谓的样子。"

"是无所谓啊！遇上那样的残废，能有什么办法？"

这句话反而增强了我的信心。我流利地反问道：

"你不是也喜欢那双残废的双脚吗？"

"你说什么呢？那种青蛙腿谁会喜欢啊！我啊，倒是觉得他的眼睛确实好看。"

听了这话，我又像泄了气的皮球一样。无论柏木怎么想，房东女儿喜欢上的美好品质始终是他未曾觉察到的。而我却自以为对自己无所不知，因为这傲慢的判断，我拒绝承认自己身上有任何的美好品质。

——接着，我和房东女儿登上了坡顶，来到了一方原野上。这方原野不大，四下万籁俱寂。透过松杉间隙，可以隐约望见远处的大文字山和如意岳。一片竹林覆盖了丘陵下方的斜坡，旁边还有一株错过花季的晚樱尚未凋零。我不禁悲从中来，伤感这株"结巴"的樱树，好不容易开出了花,却未曾料到一切都已太迟。

沉重的心情积郁在胸口,我的胃沉甸甸的,却不是酒的缘故。在这伤感的时刻,我的欲望愈发膨胀。我的肉体再也承受不了这庞大的欲望,它便化作抽象的结构,仿佛一个阴森沉重的铁制机械,重重地压在我的肩上。

我在此前也不时讲述过了,柏木或亲切或带恶意地促我迈上了人生的旅途。自打中学时我在学长短尖刀鞘上留下几道丑陋的伤痕起,我便明白,我已没有站在光明人生赛道上的资格。加之柏木为我指明了一条从阴暗赛道通往人生的"捷径",它看似通往毁灭,却出人意料地充满谋略,将卑劣化作勇气,将所谓不道德变作纯粹的能量,仿佛一种点石成金的炼金术。事实上,这才是人生。在这样的人生里才能前进、获得、推移、丧失。这样的人生虽不典型,却具备了所有人生的机能。若在我们看不见的地方,已经存在生无目的这一前提,这不典型的生便愈发和其他典型的生有着同等的价值。

我想,即便是柏木,也已沉迷于这种阴暗的人生。我一早便知道任何观念无关乎黑暗,其本身便有使人沉迷的特质,加之世上还有酒这种催人醉的东西。

……我们正好坐在杜鹃花花影下。这丛杜鹃花早已腐蚀褪色。我不明白房东女儿为何愿意陪着我,用稍有贬低自己的说法,我不明白她出于何种冲动愿意"糟蹋"自己的名声。世上有一种不抗拒的行为充满了羞耻和温柔。像午睡时落在身上的蚊子一样,房东女儿那圆润的小手轻轻拉起了我的手。

长时间的接吻和房东女儿下巴柔软的触感唤醒了我的欲望。我虽对此幻想了很久，然而现实世界中的实际体验却十分浅显稀薄。欲望在别的跑道上绕行，始终未曾来到我的身旁。白云飘浮的天空，沙沙作响的竹林，沿着杜鹃花叶拼命向上攀爬的七星瓢虫……所有这一切，依然毫无秩序，各自散落在这个世界。

我尽量不将眼前的房东女儿当作情欲的对象，而是在人生背景下，将其当作人生前行中必须克服的一道难关。若我错失眼前的机会，或许我将永远无法拥有完整的人生。我想起了过去阻碍我人生前行的千百种屈辱记忆：受口吃妨碍，话在嘴边却又说不出口的伤痛。我早应不管不顾我的口吃，毅然决然地开口，将人生攥入自己手里。"口吃！口吃！"柏木肆意地嘲讽、刻薄地催促，在我耳畔回响，"鼓舞"着我……终于，我将手伸向了她的衣摆。

这时，金阁猛然出现。

这威严忧郁又纤弱的建筑，这金箔斑驳恍若奢华尸骸的建筑。它忽近忽远，同我若即若离，仿佛我们之间的距离永远是个谜。幻想的金阁同现实的金阁一模一样，清晰地浮现在了我眼前。

它横在我和我所憧憬的人生之间。起初它并不大，只像一幅工笔画。紧接着，它渐渐膨胀起来，直至吞下整个世界，像我望着金阁模型时看到的宇宙一样。它占领了世界的每一寸角落，仿佛永无休止符的音乐般响彻整个世界,使世界的意义只剩下音乐本身。它过去常常疏远我,将我排除在外,现在它却紧紧包围着我,在其内部为我留下一片空间。

房东女儿的身影逐渐远去,化作一粒尘埃。金阁既已拒绝了她,也就拒绝了我的人生。我置身于美中,又怎能伸手触碰人生呢?美有要求我死心的权利吗?我无法一只手触摸永远,而另一只手触摸人生。若在人生中,行为的意义在于起誓决不背叛某一瞬间并就此止步不前的话,恐怕金阁对此早已洞悉,于是在这瞬间前不再疏远我。金阁化身为这一瞬间前来告诫我:对人生的渴望不过虚无缥缈。金阁早已洞悉,人生中化身为永恒的瞬间虽使我们沉迷,但若和金阁那样化身为瞬间的永恒相比,根本不值一提。美的永恒存在正是通过行为来阻碍我们的人生,毒害我们的生。我们从生中瞥见的瞬间的美,在永恒存在的面前无处遁形。瞬间的美逃不过崩塌、消亡的命运,生本身也就会被暴露在灭亡的惨淡光晕下。

……好景不长,金阁幻影拥抱我、接受我、在其内部为我提供容身之地的时间不过转瞬。当我恢复意识时,金阁已隐去了身影。它又回到遥远东边衣笠①的大地上,同过去一样不过是一栋建筑,不可能出现在我眼里。如梦般,金阁拥抱我、接受我的幻影已成过去。我躺在龟山公园小山峰上,周围只有花草虫鸟笨拙的身影以及毫不在意睡姿的房东女儿。

---

① 京都市北区地名。

她感受到我突如其来的胆怯，翻了一个白眼站起身来，一扭腰背对着我坐下，从手包里拿出镜子照了照。她虽未曾言语，但那轻蔑的样子，却像秋天刺入和服里的牛膝果实一样，刺穿了我的每一寸肌肤。

秋日天空低沉地逼向地面，雨滴开始轻轻地击打四周的花草。我和房东女儿慌慌张张地站起身来，匆忙跑向凉亭。

***

游山活动便这样狼狈不堪地结束了。但仅凭这点儿狼狈，那一天还不至于在我的记忆中留下极其灰暗的印象。真正让我对那一天记忆深刻的是，那晚开枕前，老师收到一封从东京发来的电报，内容很快传遍了整个寺庙。

电报里说鹤川死了。电文很简单，只说鹤川死于事故，后来我才知道事情的详细经过。前天晚上，本就不胜酒力的鹤川去浅草寺伯父家，喝了几杯酒。回家途中，当他走到车站附近时，巷子里突然蹿出一辆卡车撞上鹤川。鹤川躲闪不及，头盖骨骨折，当场身亡。家人都慌了神，第二天下午才想起来才给鹿苑寺发了这封电报。

父亲过世时没流过一滴眼泪的我哭了。因为相比父亲的死，鹤川与我有着更紧密的联系。认识柏木后，我多少有些疏远鹤川，失去他后我才明白，连接我和光明唯一的一缕丝线，在他去世时随之断裂。我为我失去的白昼、失去的光明、失去的夏日而哭泣。

我虽想奔去东京吊唁，却身无分文。老师每月给我的零花钱不过五百日元。母亲也没钱，顶多每年能有一两次给我寄来两三百日元。母亲之所以整理了家当后依然要借住在伯父加佐群家，也是因为父亲死后仅凭施主每月捐赠的不足五百日元的救济米和政府少得可怜的补助金，根本过不下去。

我最终没能看到鹤川的遗骨，未能参加他的葬礼，也不知该如何在自己的心里画上一个句号。过去阳光透过树荫落到他的白衬衣上，他笑起来时随着小腹微微起伏的衬衣皱褶，依然在我眼前燃烧。有谁能想象那为光而生，只有明亮的光才能与之相配的肉体和精神，会埋于墓土，长眠地下呢？在他身上没有丝毫短命早逝的迹象，他生来便不受不安与忧愁的打扰，在他身上也没有一丝能和死产生联系的要素。或许也正因如此，他才会突然离世。仿佛纯种动物的生命总是脆弱不堪一样，或许因为鹤川生来只有纯粹，才没能躲过死亡。那我便与他相反，被人生诅咒的我必将长命百岁。

他居住的世界为何如此透明？这在我脑海中成了一个解不开的谜。他的死给这个谜蒙上一层恐怖的色彩。这个透明的世界，正如过于透明的玻璃窗一般，以致消失在眼里，被一旁冲来的卡车撞了个粉碎。鹤川的死并非病死，这种死法本身便像粉碎玻璃窗一样。死于事故的这种纯粹的死法，于他那无比纯粹的生而言是再恰当不过了。他触碰到瞬时的冲撞，他的生和他的死像化学作用般，瞬间融为一体……唯有这样激烈的死法，那不携带影子的奇妙少年，才能将自己的影子和自己的死结合在一起。

鹤川居住的世界里充满了明亮和善意。我也敢断言，这并非源于他的误解和天真的判断。他那颗明亮的心来自别的世界，蕴含一种柔韧的力量，这是他运动的法则。他曾将我阴暗的感情逐一译作明亮的感情，他的这种做法里蕴含着毋庸置疑的真理。他的明亮和我的阴暗毫无遗漏地一一对应，我有时甚至怀疑他是否已经真实地目睹过我的内心经历。绝不是如此！他的世界里的光明，是纯粹的也是偏颇的，形成了一套完善且精密的体系，或许正是这种精密才最终招致了恶。若这少年不屈不挠的肉体力量没能持续运作支撑他的体系，或许这明亮且透明的世界早已于瞬间瓦解。他一路向前奔跑，最终被卡车碾过自己的肉体。

鹤川给人的好感源于他那明朗的笑容和充满活力的体格。失去这一切后，我又一次陷入有关人可视部分的神秘思考。我们目之所及的一切可视物体，竟能散发出如此耀眼的光芒，真是不可思议。精神若想要拥有这朴素的真实感，需要多向肉体学习。常言道，禅以无相为体，见性即为知道自己的心无相无形。越是如实看待无相，见性越高。见性这一能力，恐怕需要对形态的魅力有着极高的敏锐度。若无法以不含杂念的敏锐来看待形和相，便无法清晰看到无形和无相，也无法清晰感知其存在。鹤川便是这样一个可触可感且只要存在便能发光的可视物体。这一为生而生的存在，在其丧失后，便最好地完成了清晰形态化作模糊无形的比喻，也真实地将有形实在铸刻成无形虚无。鹤川本人也不过是一种比喻罢了,就如同他和五月鲜花之所以相似且相配,不是因为别的,正是因为他在五月的突然离世和摆进棺材的花朵这二者极其相似且相配。

总之,鹤川的生有一种确切的形态,而我的生却缺乏这样一种形态。因此我需要他,离不开他。最使我心生嫉妒的是,我拥有一种特异性,或称之为担任特异使命的意识,而在他身上没有一丝这种意识的痕迹,使得他没有负担地走完了一生。这种特异性剥夺了生的象征性,这象征性使一个人的人生可能成为另一个人的人生的暗喻。这种特异性也因此剥夺了生的延展性和连带感,是孤独的源头,且将追随我到天涯海角。我竟和虚无都没有连带感,想来真是不可思议。

***

孤独又一次包围了我。游山结束后,我再没见过房东女儿,和柏木也没有之前那么亲密了。柏木的生存方式依然散发着魅力,然而我对鹤川的祈福方式就是刻意抗拒这种魅力。我给母亲寄去一封信,信上直截了当地写道,在我能独当一面前不要来看我。之前我也当面对她讲过,但我总感觉如果不能再用强烈的语气强调一遍就不得安心。母亲的回信很木讷,信上写道,她在帮忙伯父家的农事上已忙得不可开交,又写了些教训意味的枯燥言辞,文末添了一句"能看一眼你当上鹿苑寺住持的样子,我便死而无憾了。"我憎恨这画蛇添足的一句。

此后几天，我一直被它搅得心神不宁。

　　暑假我也没去看望母亲。因为饮食条件不好，夏天的炎热天气在我的身上起了反应。9月10日后的某一天，天气预报说强台风即将登陆。寺里需要一个人留在金阁值守，我便申请留了下来。我想正是从这时起，我对金阁的感情有了微妙的变化。这种变化虽谈不上憎恨，却是一种不祥的预感，我担心自己心里逐渐萌芽的东西和金阁绝不相容这一事态早晚会来临。从龟山公园回来后，这种预感愈发清晰，我甚至害怕去定义它。但是一想到值守那晚金阁将属于我一个人，我便喜不自禁。这种喜悦在我脸上是藏不住的。

　　我拿到了究竟顶的钥匙。第三层的究竟顶向来被视作珍宝，距地面四十二尺的门梁上还挂着后小松天皇①的亲笔匾额。

　　广播里虽不时播报台风即将登陆，我却一点儿也感受不到台风的气息。下午下了一阵雨后，天又放晴了。到了晚上，明亮的满月爬上了天空。寺里的人看了看天气状况，谈论着说这是暴风雨前的宁静。

　　夜深人静，我独自一人身处金阁。待在月光照射不到的地方，我恍若置身于金阁豪奢的黑暗里。这种现实的感觉渐渐淹没了我，却又使我仿佛置身幻觉。回过神来我才发现，我正置身于龟山公园时将我与人生隔开的幻影里。

---

① 1377年— 1433年。后圆融天皇长子，1382年被立为天皇，1412年退位，据说一休和尚为其私生子。1392年，因南朝的后龟山天皇接受足利义满的条件，将神器交还北朝，从而结束日本南北分裂的局面。

我独处在绝对真实的金阁里,是应该说我拥有金阁呢?还是金阁拥有我呢?会不会存在一种可能:两者之间出现难得一见的平衡,使得我为金阁、金阁为我?

11点半左右,风势逐渐猛烈。我借着手电筒的光登上台阶,打开了究竟顶的门。

风从东南方向刮来。我倚靠在究竟顶的栏杆上,仰视没有一丝变化的天空。镜湖池的水藻间月影清晰可见,虫声蛙声充斥着四周。

当强风打到我脸上时,本能的战栗扫过我的肌肤。山雨欲来风满楼,气势凶猛的风仿佛要摧垮维系我的世界形状的金阁。我的心在金阁里,也在风之上。金阁,它那没有被风摇动起来的帷帐,镇定自如地在风中沐浴着月光。风是我的意志,终会撼动金阁,唤醒它,并在它崩塌的瞬间夺去使它傲慢存在的意义。

没错。那时我将被美包围,处于美的核心。但我不敢确信,若没有狂风意志般的支撑,我是否能够完好无损地身处美的核心呢?于是,就像柏木冲我喊着"口吃!口吃!"那样,我尝试着仿佛鞭打狂风、驱马前行般发出吼叫:

"使劲儿刮!使劲儿刮!再快一些!再猛一些!"

树林簌簌作响,池边的树枝互相拍打。蓝色且平静的夜空此刻染上了浑浊的青灰色,催促昆虫鸣叫的风声奏响了神秘的笛声,正渐渐逼近。

大量云层掠过月亮,从对面的南山处涌出,犹如千军万马般接二连三地拥向北方。云层厚薄不一，有的连成一片，有的形单影只。它们悉数从南方涌现，仿佛着急赶向北方般，从月前掠过，又遮住了金阁的上空。我仿佛听到头顶上金铜凤凰正高声鸣叫。

风停风起。树林竖起敏锐的耳朵，时而沉寂，时而喧嚣。池中月影忽明忽暗，时而摇晃，时而隐去身影。

蠢蠢欲动的积云依然盘旋在山对面，像一只巨掌意欲笼罩整片天空。明亮的半边天在云层间依稀可见，忽地又遭乌云遮蔽。但当薄云掠过遮挡不住这半边天时，一轮闪着模糊光晕的月亮便跃然出现在苍穹中。

天空彻夜未眠，狂风却不再威风，我在栏杆旁睡着了。第二天一早天放晴后，寺里老人叫醒了我，告诉我幸好台风绕过了京都。

第 六 章

我为鹤川服了近一年的丧。对孤独已习惯的我,也不主动同谁讲话。这样的生活最轻松,生之焦躁既已离去,死寂的每一天反而快活。

学校图书馆成为我唯一的享乐场所。我荒废了禅书,只是随意读读手边的小说和哲学书籍。我多少受了些所读的小说家和哲学家的影响,也承认从我日后的行为中能看到他们思想的影子。但我坚信,行为本身是我的独创。我不喜欢自己的行为被简单归结为受到某种既成哲学的影响。

我之前也提到过,自少年时期起,我唯一的骄傲便是不被人理解,也没有表达自己来获得理解的欲望。毋庸置疑,我试图保持清醒,这是为了理解自我,因为理解自我是人类的本能冲动,也是自己和他人的沟通桥梁。但每当我陶醉于金阁之美时,我便不再清醒,也无法陶醉于人生除美之外的其他部分。为与之抗衡,我需要意志来确保清醒。我不知道别人,但于我而言,只有清醒的我才是我,与此相反,我并不清醒。

……这件事发生在我的大学预科第二年，也就是昭和二十三年（1948）的春假期间。那晚老师不在寺内，我便有了自由活动的时间。我没有朋友，只好一个人散步打发时间。走出寺庙，穿过正门，沿着水沟向前走，我来到了一块告示牌前。

月光洒在破旧的告示牌上。区区一个告示牌本不足为奇，但百无聊赖的我饶有兴致地转过身来，一字一句地念着牌上文字：

注意

一、未经允许，禁止涂改。

二、禁止任何不当行为对其保存造成不良影响。

以上为提醒事项。若有违反者，将依法对其进行处罚。

内务省

昭和三年三月三十一日

自不必说，告示牌所指为金阁。但我看不明白这抽象的语句在表达什么，只感觉不变不倒的金阁，站在与告示牌相隔甚远的世界。这个告示牌像是能预知某种猜不透且不现实的行为必会发生，恐怕连立法者也困扰于如何描述此种行为。若只对违反者的行为进行处罚，那事前应该如何威慑违反者呢？恐怕只有借助于这只有违反者才能读懂的文字吧……

当我思考这些琐碎之事时，一个人影从宽阔的步道对面走来。白天的游客早已散去，只剩月下青松和汽车穿梭过电车轨道，闪着明亮的前灯，占领了这片夜色。

通过他的走路方式，我认出人影原来是柏木。看到他的瞬间，过去一年间的刻意疏远烟消云散，只有感谢之情涌上心头。我感谢他曾经宽慰我，给了我慰藉。没错，从我们相遇的那一刻起，他那双奇丑无比的跛足、无所顾忌的伤人话语、不加掩饰的内心独白都让我残缺的情感得到宽慰。我应该是从遇到他起，才第一次领悟到平等交流的喜悦，也第一次体会到背弃道德带来的喜悦——我将带着和尚和结巴这一明确的身份标签无限沉沦。可同鹤川相处时，我的这种身份标签常被抹去。

我笑着迎向柏木。他穿着校服，手里拿着一个长包袱。

"你这会儿要出门吗？"柏木问道。

"没有……"

"还好遇上了你。其实吧……"柏木在石阶上坐下来，打开了包袱，向我展示两支散发黑色光泽的尺八[①]。"老家伯父前段时间去世了，给我留下了这支尺八。过去跟他学习时他便送过我一支。这一支更珍贵些，我又用惯了我那支，留着两支没什么用，就想着送你这支，因此才来找你的。"

[①] 竖笛的一种。一般以竹制成，五孔七节，因标准管长为一尺八而得名。无簧，管的一端外斜。嘴唇直接接触吹孔弹奏。

我很是开心，因为我从未收过别人的礼物。接过手后左看右看，管前部开了四个孔，后部还有一个。

柏木继续说道：

"我的风格是琴古流①。难得今宵月圆，我想能不能去金阁吹上一曲，顺便教教你……"

"不如趁现在去。老师今晚也不在，扫地的大爷现在还没打扫，扫完后金阁才会锁门。"

虽说我这番话太过唐突，但柏木提出的趁月夜去金阁吹尺八也不无唐突。柏木所说的这一切给我带来了新鲜感。无论如何，我的生活如此单调，即便是惊愕也会使我欣喜。于是，我拿着柏木送我的尺八，带他登上金阁。

我不记得那晚和柏木聊了些什么，大概尽是一些无关紧要的内容。柏木也完全没有提他平日里张口便来的离奇古怪的哲学和毒害人心的悖论。

或许他来找我，只为向我展示我从未想象过的他的另一面。平日里的他总是亵渎美好，说话也带着讽刺挖苦的味道，今日的他却纤柔细腻。他有一套美的理论，甚至比我的理论更完善精密。他对美的认识不以语言为媒介，而是从其形态、眼神、演奏的尺八旋律和月光照

---

① 明和年间黑田琴古（1710—1771）开创的尺八流派。与都山流并称为尺八的两大流派。

射下的额头中透露出点点滴滴。

我们靠在二楼潮音洞的栏杆上。挑檐微微上翘,其阴影正好落在一圈外廊上。外廊由八根典雅的天竺样式①插拱②支撑着,伸向月影歇身的镜湖池。

柏木先吹了一曲《御所车》③。他的吹奏技巧娴熟,令我惊讶。我模仿着他的样子,把双唇贴到尺八上,却怎么也吹不出声。柏木开始教我,从左手在上的尺八的拿法、下巴和吹口间的距离,到双唇开口程度、送气的技巧等,耐心细致、不厌其烦。我试了好几次,我的脸颊、双眼都鼓足了力气,却还是没有声音,就像池中的明月,泄了气般支离破碎。

如此一来,我疲惫不堪,甚至怀疑柏木就是为了嘲笑我的结巴,才给我强加上这般苦行。然而,随着看似不可能的肉体尝试,我的精神得到了净化,我那因害怕口吃而努力想要流畅发音的痛苦得到了安抚。我感到还未发出的音,已经存在于这个月光照耀下的寂静世界,并且真实地存在于世界的某处。通过不懈的努力,我便能找到它,唤醒它。

柏木又是在什么时候,找到并唤醒了那个浑然天成的灵妙之音?

---

① 天竺样,又作大佛样。为镰仓时代传入日本之建筑样式。东大寺再兴之时,佛僧俊乘坊重源引入南宋之新式样,用以重建大佛殿,此为日本天竺样之起源。
② 从柱子侧面插入的拱。仅用在天竺样建筑中。
③ 日本曲名,源于端曲调、歌泽调(日本音乐的种类名称)。起源于日本近畿地区。借早春风物演唱绵绵情意。

熟能生巧，美就是熟练。即使长着一双丑陋的跛足，他也能练出如此清澈动听的音色，那么想必我通过练习也能达成。这样想着，我感到备受鼓舞。然而，另一种想法也困扰着我：柏木所吹《御所车》的旋律之所以动听，除了良宵相伴以外，难道不也是因为他那丑陋的跛足吗？

随着深入了解柏木，我才明白他讨厌恒久不变的美。他喜欢弹指一挥间散去的音乐，钟爱不过几日便枯萎的插花，却憎恨建筑、憎恨文学。他来到金阁，只为索取月光照耀下的金阁这一短暂的瞬间。无论如何，音乐的美真可谓妙不可言！演奏者创造的短暂之美，将一定的时间变作纯粹的持续，再不可能重复，宛如蜉蝣般短暂的生命，既是生命的抽象表现，却也创造了生命。没有比音乐更像生命的了。虽同为美，却没有比金阁更远离生命、蔑视生命的了。柏木演奏完《御所车》的瞬间，音乐这种被架空的生命消亡殆尽，而他丑恶的肉体和阴暗的认知，未受一丝伤害，未遭一毫改变。

柏木向美索取的一定不是慰藉！他未曾言语，我却看在眼里。他的气息从嘴传入尺八，又旋入半空。在这片气息创造了美后，他的跛足和阴暗的认知，比过去更加新鲜、更加真切。他沉迷于这种新鲜与真切。他沉迷于无益的美，在我们体内行不留痕的美，从不改变任何事物的美……若美对我的意义也是如此，那我的人生将会多么轻松、多么无拘无束啊！

……在柏木的指导下，我孜孜不倦地尝试着。满脸充血、呼吸急促的我感到自己化身为一只鸟,恍若从我的咽喉处挤出了一声鸟啼般,尺八发出了一声低沉的声响。

"对了!"

柏木笑着叫道。这声响虽不动听,之后的音却接踵而至。我听着这不像我发出的神秘音符,仿佛听到了头顶金铜凤凰的啼叫。

***

之后每晚我都勤学苦练尺八,钻研柏木送我的自学乐谱,慢慢地,我能吹出《日丸旗》这类小学课本歌曲了。我和柏木也恢复了往日的亲密关系。

到了五月,我思索着回赠柏木一个礼物以表达感谢之意,但我又是个穷学生,鼓起勇气问柏木如何是好。他听后,不怀好意地歪了歪嘴,说不要花钱的礼物,又说道:

"你要是真想送的话,我倒真有一物相求。我最近很想插花,可惜花价太高。眼下金阁的燕子花正是花期,你能不能给我弄来四五支?刚长出花骨朵的、含苞欲放的,一样来一些。还有木贼草能不能也给我搞来六七支?我想想,要不就今晚吧。今晚你能带来吗?"

我毫不犹豫地答应下来。我也意识到他其实在教唆我偷盗,但既然都答应下来了,那我是非做这偷花贼不可了。

那天的晚饭是漆黑沉重的面包,再加一些煮菜。幸好那天是周六,下午除策①,该出门的人都出门了。今晚内开枕,即对开枕时间不作规定,既可早睡,也可外出待到晚上十一点。而且明天刚好是"寝忘",可以睡懒觉。老师也已出门。

六点半后日落黄昏,又起了风。我静候初夜②的钟响。到了晚上8点,中门左侧的黄钟调③钟,传来清澈嘹亮的"初夜十八声④",余音绕梁,仿佛永不会消散似的。

金阁漱清旁,有个半圆形栅栏包围的小瀑布,莲沼的水经过这里流入镜湖池。燕子花在这一带绽放,美得像一幅织锦画。

我来到小瀑布旁,看见燕子花花丛在微风的轻拂下摇曳,四周一片静谧,只有清水潺潺地流淌。仿佛承受不住紫花的重量似的,它的茎轻轻弯下了腰。这一带的夜色很浓,让人辨不出是紫花还是绿叶。我正准备行动时,花却在风的作用下发出窸窣的声音,灵巧地躲开了我,一片叶子还割伤了我的手。

当我抱着木贼草和燕子花来到柏木房间时,他正躺着看书。还好房东女儿不在,一路上惴惴不安的我终于松了一口气。

这微不足道的偷窃行为令我快活。自从认识柏木以来,每次和他

---

① 禅宗中,为了惩戒坐禅僧人打盹儿或思想松懈等而使用的板状木棒,称警策。除去警策称为除策。即不坐禅。
② "六时"将夜晚分为三个时段,开头的第一段为初夜,大体相当于现在的晚六点至十点,亦指此时段内所做的修行。
③ 雅乐六调之一,以黄钟的C调作主音的旋律。
④ 晚上八点时鸣钟十八次。

在一起,我必然背弃道德、亵渎美德,这些恶行虽算不上滔天大罪,却一定会使我感到快活。但我不知道若我的罪行日益加重,这种快活的感受是否也会随之加深。

眼见燕子花的柏木喜出望外,急忙接过我手中的礼物,去找女房东借水盘①和水桶,以便完成水中斜切②。我四下打量着他的房间,房东家是个小平房,柏木的房间在侧卧,有四张半个榻榻米大小。

我拿过立在壁龛里的尺八,将双唇贴在吹口上,吹起了练习曲。曲子虽不难,但因为我吹得还不赖,使得返回的柏木吃了一惊。这时的他,却同那晚前来金阁的时候判若两人。

"你吹起尺八来可不结巴,可惜我白忙活一场,本指望听结巴吹曲呢。"

柏木这一句话,又将我们拉回初次见面时的情景,他对我的态度又是那样不客气。于是,我也能轻松地问他西班牙风格建筑里的女子后来怎么样了?

"哦,你说那个女人啊,她早结婚了。"柏木轻描淡写地说道,"我可是细致周到地教了她如何装处女。新郎又是个老实人,他们就这么结婚了。"

---

① 盛上水用于插花或配置盆景石的陶瓷制盆装器皿。
② 插花的花枝吸水方法。不让花枝切口接触空气,在水中剪去枝干或茎,以便其能充分地吸收水分,延长花的寿命。

柏木一边说，一边仔细观察浸入水中的燕子花，接着将剪刀伸入水中剪下了花茎。他手中的燕子花在榻榻米上留下巨大的花影，跟随他的手无规则地摆动着。他突然说道：

"你知道《临济录》中的《示众》这一章里那句有名的话吗？'逢佛杀佛，逢祖杀祖……'"

我接过话来：

"逢罗汉杀罗汉，逢父母杀父母，逢亲眷杀亲眷，始得解脱。"

"没错，就是这句。那个女人就是罗汉。"

"那你得解脱了吗？"

"哼！"柏木两手抱起修剪好的花，一边观赏，一边说道，"只是杀法不够狠。"

银色内壁的水盘里装满了清澈的水。柏木仔细地掰直了剑山[①]上的弯针。

我闲得发闷，继续说道：

"你应该听说过《南泉斩猫》这桩公案吧！住持在战争结束那天，把所有人召集起来讲解的就是这个公案……"

"《南泉斩猫》啊。"柏木量了量木贼草的长度，又把木贼草放在水盘边比了比，回答道，"《南泉斩猫》会在一个人的一生中，以不同的形态出现，那是一桩使人不寒而栗的公案呢。处在不同的人生

[①] 插花用的针盘固定器。排列有许多针尖的铅块，可用于水盘插花。

转折点，这桩公案的形态和含义也随之不同。南泉和尚斩的那只猫很难对付。我告诉你，那只猫很漂亮，非常漂亮。它的双眼金光闪闪、毛发柔软光泽、身材娇小柔弱，像压紧的弹簧蓄势待发般，那小巧玲珑的身体里集聚了世上所有的纵情享乐和美。除我以外，几乎所有解读者都没有提猫是美的结晶这一点。这只猫就像刻意让人逮住似的，突然从草丛中蹿出来，闪烁着温柔却狡黠的目光，因此成为东西两堂争吵的源头。因为美可以交给任何人却又不属于任何人。美就像蛀齿一样，没错，就是蛀齿。这颗蛀齿碰到舌头，撕扯牙关，令人疼痛难忍。它像长在心头的一块疙瘩，不断显示自己的存在。等到难以忍受时，人们就去找医生拔掉它。当这颗又脏又黑，还带有血迹的小牙齿，静静地躺在掌心时，人们都会说：'就是它？就这玩意儿吗？使我痛苦，不断来烦我宣告其存在的，在我身体内部生根发芽就是这家伙吗？竟只是个死物？这两者果真是同一个东西吗？若它原本就不存在于我的身体内部，那它又为什么会来到我的身体内部，成为我的痛苦根源呢？它存在的根据是什么？它的根源在我的身体内部吗？还是在于其自身呢？总之，从我身体内部拔掉、现在正躺在我掌心的这家伙，一定是别的东西，绝不是那个！'"

"你听好了，美不过是这样一种东西罢了。斩猫看起来像是拔掉蛀齿，剔除美。但谁也说不准这种方式能否最终解决问题。我们无法对美斩尽杀绝，就好像这只漂亮的猫死了，它的美却没有根绝。赵州之所以把足履置于头上，就是要讽刺南泉和尚解决问题方法太过浅薄。

赵州明白，除了忍受蛀齿的疼痛之外，没有其他解决方法。"

柏木说话一向犀利。他大概早已看穿了我的内心，以此解说为托词来讽刺我永远不可能找到解决方法。我这才真正感到他的可怕。但沉默不语使我恐惧，我进一步问道：

"那你是谁？是南泉和尚还是赵州？"

"不知道。是谁呢？就像这桩公案会变一样，眼下我是南泉和尚，你是赵州。或许有一天你会成为南泉，而我成为赵州。"

我们聊着这桩公案时，柏木小心翼翼地移动双手，将锈迹斑斑的剑山放到水盘里，将上段位置在天①的木贼草插入其中，修剪好三片配叶②后，将燕子花和配叶一道插入剑山，一步步定好观水型③。剩下的白褐色小石，堆在水盘旁像在静静等待最后观花造型的完成似的。

柏木的手工精妙绝伦，所做的每个步骤都精准、果断。自然的植物在一定的规律下，融入人工的秩序里，逐渐呈现出对比与均衡，散发出耀眼夺目的光彩。真实自然的花叶摇身一变，好像它们生来本该呈现出插花的形态似的，木贼草和燕子花不再是同种植物中无名无姓的一草一株，而是化身为木贼草的本质、燕子花的真谛，成为一种简洁明了且直抒胸臆的表达。

---

① 三线形的插花中，三主枝上段位置在天，下段位置在地，中段位置在人，象征宇宙间万物。
② 或称组叶，插花用语。设计花型所用的观叶植物。
③ 一种插花花型。主枝往水面打开，注重水面倒影的浪漫意境。

然而他的手法却又是如此残酷、暴戾且阴暗，每一个动作都像在宣告对植物的特权。每当他的剪刀咔嚓剪断花茎时，一滴滴鲜血随之浮现在我眼前。

最终，一件观水型插花制作完成。清高的燕子花叶呈现出巧妙的弧度，和挺直的木贼草叶交错配在水盘右部。三朵燕子花中，一朵绽放，两朵含苞待放。待柏木用小石子藏起剑山并将这件插花置于狭窄的壁龛上后，水盘中的倒影便一动不动，更为其整体增添几分毗邻水畔的清澈感。

"真漂亮。你是在哪儿学的？"我问道。

"附近住了位插花女师傅，我在和她相处时学会的。过一会儿她也会过来这里。我现在一个人也能插花了，便也厌倦了同她相处。这位师傅可是年轻貌美，可怜战争时怀上了军人的孩子，孩子难产死了，军人也战死疆场，那之后便一直沉迷于男色。她身上有点小钱，插花也是当兴趣教的。我同你讲，今晚你可以带她去任何地方，任何地方她都愿意跟你去。"

……这一瞬间我有些错乱，不知该感动还是错愕。当我从南禅寺山门上看到这位插花师傅时，我的身旁站着鹤川。时隔三年，她再次出现在我眼前，竟是以柏木的双眼作为媒介。她的悲剧曾映入一双神秘且明亮的双眼。现在，却被一双什么都不相信的阴暗双眼所窥视。可以确定的是，柏木的手已经碰过那皎洁若月光的乳房，他的跛足已经触过那华美振袖包围下的双膝,我的那些遥远的记忆已被柏木、被观念所玷污。

想到这里,我感到心烦意乱。我想离开,但好奇又心拉住了我。这位曾使我怀疑是有为子投胎转世的女人,却将以被残疾学生无情抛弃的女人姿态再次出现。恍惚间喜悦淹没了我,我感到终有一天,我会同柏木狼狈为奸,亲手玷污自己的回忆。

……女人来时,我内心未起一丝波澜。她那略带沙哑的嗓音、得当的行为举止和彬彬有礼的态度,还有她眼中闪烁的鲁莽,顾忌着我向柏木传去的埋怨,至今仍使我记忆犹新……这时我才明白,柏木今夜叫我来他房间,不过是为了把我当作挡箭牌而已。

眼前的女人和我记忆中的幻影判若两人,我仿佛从未见过她。过了一会儿,她也不再注意措辞是否彬彬有礼,却依然没有看我一眼。

女人终于无法容忍自己低声下气的姿态,暂时放弃了挽回柏木的心。于是,她突然装作若无其事地望向这间出租房。她在这里待了足有三十分钟,才注意到放在壁龛上的鲜艳插花。

"这件观水插花美极了。真是好手艺!"

柏木一直在等这句话,随即给了女人致命一击:

"我这插花精巧吧!没错,我已不需要你再教我什么了。我没什么需要你的地方了,真的。"

女人神色大变。我于心不忍,转过头去。女人像是笑了笑,又膝行至壁龛前。我听到女人的声音：

"什么啊，这也配叫插花！就凭这几朵花？"

话音未落，水已四处飞溅，木贼草不再挺直，燕子花花瓣四分五裂，霎时间我偷来的花一地狼藉。我站起身来，不知该怎么办，只是一路退到玻璃窗边。接着，我看到柏木抓住了女人纤细的手腕，又抓住头发给了她一巴掌。柏木这一连串暴戾的动作，和方才剪下花茎配叶时透露出的冷酷残忍没有丝毫差别，仿佛是插花动作在时间上的延续。

女人双手捂脸，冲出了房间。

柏木一动不动，转而望着我，表情中露出一丝异样的天真微笑，说道：

"快去追她，去安慰她。去吧，快去！"

我不知是屈于柏木的淫威还是出于对女人的同情，或是二者兼有之，总之，我立刻动身追了出去。跑了两三条街，我追上了女人。

女人在乌丸车库里车站附近的板仓町一带停下。电车进站时的响声在乌云密布的夜空中回荡，刹车时的火花在夜色中勾勒出淡紫色的火光。女人从板仓町向东一拐，沿着背街往里走去。女人边走边哭，我在其斜后方默不作声地跟着她。她仿佛终于注意到我的存在，慢下脚步等我走至身旁。她的声音愈发沙哑，言辞却依旧彬彬有礼，一边走一边向我哭诉柏木的恶行。

我们就这样走了好远。

包括柏木常眯缝着的狠毒且卑劣的目光在内，她所控诉的柏木的种种恶行，在我的耳中归为一个词——人生。柏木的残酷本质、天衣无缝的卑鄙阴谋，以及背叛、冷漠、威胁，乃至从她身上骗取财物的手段，不过是他难以言喻的魅力的注解。我只要相信柏木从未在跛足这一点上撒谎即可。

自鹤川死后，我已很长时间没有接触过生。这种个别的、长久的、阴暗的生，换来的是对他人不断地伤害。这种只要活着便会持续带来伤害的生，不断鼓舞着我。他那句"杀法还不狠"直切主题、振聋发聩，使我想起战争结束时我在不动山山顶面朝京都灯火时的祈祷："但愿我内心的阴暗，等同于这包围着无数灯火的暗夜。"

女人没有走回家。她一边向我哭诉，一边避开人群，漫无目的地徘徊。不知走了多久，我们走到了女人独居的住所门前。

这时已经十点半了。我打算辞别回寺，女人却将我拉进了屋。

女人站在我身前。开灯时突然说道：

"我说，你诅咒过别人去死吗？"

我不假思索地回答："有。"不可思议的是，在她问之前我已经忘记了房东女儿是我耻辱的见证人。但她这么一问，我脑海中瞬间浮现出房东女儿的脸，我巴不得她赶紧去死。

"真可怕。我也有啊！"

女人颓然瘫坐在榻榻米上。屋里的灯恐怕有一百瓦，闪出奇异的亮光，足足比柏木出租房的电灯亮出三倍还多。女人的身形在灯光的照耀下愈发明亮。博多白绢①制成的名古屋腰带②熠熠生辉，友禅③和服上藤棚霞的紫色如梦般绮丽。

从南禅寺的山门到天授庵的客厅，除非是鸟，否则是决计飞不过去的。数年后，这两者之间的距离逐渐缩短，现在我终于来到她跟前。从那时起，细细流淌的时光便刻下足迹。我必须，也正一点点地接近天授庵那一神秘场景的真实意义。犹如天外遥远星光飞抵我的双眼时，地上早已沧海桑田一样，当我接近女人时，她也早已变质。我想，若我从南禅寺山门向下俯瞰时，我和女人能够预料今日我们会这样紧紧联系在一起，那么沧海便不会化作桑田。因此只需经过些许调整，我们二人便可回到从前，我便可以同客厅里的女人再次相遇。

于是，我打破沉默，着急万分、磕磕巴巴地讲述着。那时的新叶、五凤楼顶棚画里的天人和凤凰从沉睡中醒来，女人的脸颊上浮现出血色，充满了生机。她眼中的光芒不再粗暴，渐渐变得飘忽迷离。

"是吗？竟是这样。缘分真是妙不可言，真是妙不可言啊！"

女人说着，喜悦激扬的泪水从双眼溢出，竟忘了方才的屈辱，转身投向回忆的怀抱。女人方才的亢奋转变成另一种亢奋。她几乎发狂，友禅的紫色下摆也随之舞动起来。

---

① 博多为日本地名，横向合股线细、纵向稍粗的平纹织物。
② 名古屋，日本地名。名古屋腰带起源于名古屋，轻巧便于打结。
③ 友禅，亦称友禅染，是日本特有的染色技巧。传统的友禅染，用一种叫露草的植物捣出黏稠的汁液进行染色。在用友禅染的技法做和服前，会依据露草青花纸泡出的颜色画图样。

"啊！我那可怜的孩子！虽然我没有乳汁了，我也能再让你看一次当时的情景。你从那时起便喜欢上我了吧，那这一刻我便把你当作他。若把你当作他，我便不会感到羞耻。我再让你看一次当时的情景。"

女人以下定决心的口吻讲完这番话。之后她的所作所为既可以称为欣喜若狂，也可以称为绝望透顶。恐怕她只意识到了狂喜，但没意识到，真正点燃她疯狂行为的是柏木带给她的绝望，或是这绝望的阴魂不散。

于是，她在我眼前解开了带衬，解开了每一条细带。腰带摩擦着绸绢发出细碎的声响，随之滑落下来。她的衣领拉直两旁，雪白的胸部隐约可见。女人紧接着用手抓住了胸，把它伸到了我眼前。

我感到一阵眩晕。我看着她做完这一切，但我只是一名证人。从南禅寺山门楼上远眺的神秘一点，与眼前这块有着一定重量的肉绝非同一个东西。那神秘的一点在我久远的记忆中发酵。而眼前的乳房，只是一团肉，不过是一个物体罢了。这团肉块根本不是那欲言又止、充满神秘和诱惑的一点。它只是证明某个存在的乏味证据，从生的整体脱离，不过出现在此而已。

我在撒谎。我感到眩晕，这一点没有错。但我的双眼却看得太过仔细、太过完整，乳房超越了女人乳房这一表象，渐渐化作为无意义的碎片。

……不可思议的事发生在此之后。目睹乳房惨烈的超脱经过后，我终于看到了美。乳房被赋予了美的荒芜与残酷，它虽在我眼前，但却已潜入自身的生的原理中，就像玫瑰藏身于玫瑰的生的原理中一样。

于我而言，美总是太晚来临。当别人在感官的快活中找寻到美时，我的美却迟迟未至。我眼看乳房找回了与整个生的联系……超越了肉体……化身为冷漠且永不腐朽的物质，成了永恒。

此时，我已不必多言。金阁又一次出现在我眼前。这次，那只乳房化身为了金阁。

我想起了初秋值守那天刮台风的夜晚。即使明月高照，夜幕中金阁的内部，如格子吊窗里、斑驳金箔的顶棚下，无不沉淀着一片奢华的黑暗。金阁内部本就属于黑暗，因为它本身便是小心翼翼、精心构建的虚无。因此，眼前的乳房，表面上虽散发着雪白肌肤的光泽，其内部也像金阁一样被黑暗填充。乳房的本质，也是沉重且奢华的黑暗。

与其说我沉迷于观念而无法自拔，不如说我的观念遭到了践踏、侮辱，更不必说生和欲望……然而恍惚错乱的感觉依然在我身边旋转，我像被麻痹了一般，只是坐在那只乳房前。

…… ……

我又遭到了蔑视。女人将乳房藏入怀里，向我投来冰冷的轻蔑目光。我起身告辞，女人送我到门口，随即关上拉门。夜色中，传来一声刺耳的拉门声。

——回寺庙的路上，我依然深陷恍惚错乱中。乳房和金阁在我心中来来回回，一种无能为力的幸福感充斥全身。

可当金阁出现在微风轻抚的黑松林那头时，我的心渐渐平静，只剩下无能为力。沉醉的心情消失殆尽，取而代之的是一种厌恶。我不知自己厌恶的对象为何物，只感觉这股厌恶随着脚步移动逐渐加重。

"我又被人生拒之门外了！"我自言自语道，"金阁为什么要保护我？我也没拜托过你，为什么要将我与人生隔开？或许你想拯救我于地狱的水深火热中，我却因此成为比下地狱的人更狠毒的恶人，比任何人都熟知地狱！"

正门处黑压压一片寂静。朝鸣钟响时，矮门处亮起了微弱的灯光。我推了推矮门，门内侧吊着铅坠的生锈门锁发出一声声响，门随即被打开。

守门人已经睡熟。矮门内侧贴着寺内规定，规定晚上十点后，最后回寺者负责关门。门上还挂着寺里人的名牌。我看了看，还剩两个尚未归来的人没将名牌翻过去，一个是住持，另外一个是年迈的庭院管理员。

我迈步离开时，看见右手边的工地上横放着几根五米长的木材，在夜里发着耀眼的光泽。我凑近一看，木屑四下散落着，仿佛一地的小黄花，空气中飘荡着浓郁的木头香味。我走到工地尽头的水井旁，本打算从这里去厨房再回到房间，但又折了回来。

今夜入睡前，我必须再去看看金阁。我走过空无一人的金阁寺正殿，穿过唐门①，在黑夜中走向金阁。

　　金阁映入我的眼帘。深夜里，四周的风吹得木林沙沙作响，金阁却纹丝不动矗立于此。它永不休息，是黑夜的卫士……如此想来，我确实从未见过金阁入睡。这座不住人的建筑，已学会了忘记入眠。黑夜居于其间，丝毫不受人类睡眠法则的牵制。

　　我面朝金阁，几乎用诅咒的语气，生平头一次用尽全身气力暴戾地喊叫道：

　　"终有一天我会凌驾于你，终有一天我会霸占你，让你永世不得再来烦扰我！"

　　我的声音在镜湖池上空虚地回荡着。

---

① 唐破风风格的门 破风又称抱厦，东亚传统建筑中常见的正门屋顶装饰部件，为两侧凹陷、中央凸出成弓形类似遮雨棚的建筑。

第 七 章

总而言之,在我的体验中有一类暗号在运作,仿佛映在镜子里的走廊,向内部无限延伸。新的事物总带有过去的影子,而相似的影子指引我踏向走廊深处,踏入看不到尽头的房间。命运并非突然找上门来,日后被判死刑的男人,早已在日常生活中埋下死刑的种子,不断在路边电线杆和铁道交叉口上刻画刑架的幻象,然后熟悉它、亲近它。

因此,我的体验并非积累而成。它既没有层层积累的基础,也没有堆砌如山的高度。除了金阁,我对所有事物都倍感陌生,包括自己的体验。可我知道,在我的体验中,有一小部分未曾被阴暗的时间大海所吞没,也有一小部分未曾深陷于无意义的循环。这些部分正逐渐拼凑成一个不祥的画面,令人不寒而栗。

我有时会思考这些部分究竟为何物。然而,它们却像闪着寒光的碎片般杂乱无章地散落一地。我甚至觉得,随意扔在路旁的啤酒罐都比它们更有意义。

这些部分本身即为碎片,并非由某个完整的美好形态摔落而成。

它们没有意义,没有规则,带着令人厌恶的姿态幻想着各自的未来。鉴于碎片的无畏、阴暗和冷静……未来,它无法替我们疗伤,因为它闻所未闻且遥不可及!

这种模糊的自省,仿佛一剂注射错了对象的兴奋剂,使我想要一抒胸中之情。若赶上一个好月色,我便会携了尺八去金阁池畔吹奏。柏木的那曲《御所车》我早已驾轻就熟,不看乐谱也能吹奏。

音乐似梦,又似与梦相反的清醒状态。音乐到底属于哪一种?我难以确定,总之其能使听者处在两种完全相反的状态中。置身音乐中的我,竟不费吹灰之力便跟随自己演奏的旋律,体验到精神融入音乐中的喜悦。与柏木不同,于我而言,音乐乃是慰藉。

曲终时,我反复思考金阁这时为何不阻止我、责备我,反而默许我体验到喜悦呢?它又为何在我即将体验到人生的幸福和快乐时,却一次也不放过我呢?金阁的一贯作风就是在我的精神即将化为喜悦时出面阻挠吗?那为什么仅在体验音乐上,它才肯网开一面,纵容我的陶醉与忘我呢?

这样想来,金阁的纵容反而使音乐失去了几分魅力。既然它纵容我陶醉于音乐,那么无论音乐同真实的生多么地相似,也不过是一种虚无且被架空的生。即使我陶醉其中,也不过是一时享乐,有些微不足道。

当然,我并非因为两度在女人身上受挫,尝试通往人生之路被阻后,便颓废低迷,止步不前。之后又有过几次那样的机会,再加上柏木的指引，到昭和二十三年年末时，我终于不再对此发怵。然而，结局却还是不尽如人意。

女人和我之间，或者说人生和我之间，总是横着一座金阁。那些呼唤我的，使我想伸手抓住的，却总是于瞬间化为灰烬，让我的未来只剩一片荒漠。

我时不时会在庙厨后方的田地里劳作。趁着劳作的间隙，我便看着蜜蜂飞来，落在金黄色的小菊花上。蜜蜂拍打着金色翅膀飞过布满阳光的大地，飞向菊花丛，从千万朵夏菊中选出心仪的一朵，在其面前徘徊良久。

我尝试着用蜜蜂的眼睛来看世界。于是，我看见优雅曼妙的菊花舒展着金色的花瓣，恰似一座迷你金阁般完美无瑕。但它又绝不会变作金阁，无论怎么看都是一朵菊花。没错，它是真真切切的菊花，是一朵花，是一个不带有任何形而上学暗示的形态。它恰如其分的存在姿态，散发着无穷魅力，恰好满足了蜜蜂的欲望。面对蜜蜂流连忘返的欲望，它却静静藏身于形态之中，这是何等神秘啊！本应如此。菊花之所以形态优美，是因为它懂得蜜蜂的欲望。美总是朝向预感绽放。绽放这一刻，也是它整个生中，形态之意义最为耀眼闪光的时刻。生，流转于无形；形，乃生之铸模。无形之生一经流转，便也化作世间万物形之铸模……如是，蜜蜂钻入花蕊深处，满身花粉，陶醉、沉沦。拥抱蜜蜂的菊花，也化作身披黄金胄甲的蜜蜂，浑身震颤，仿佛即将告别茎叶振翅高飞。

阳光和阳光下的一切使我陶醉眩晕。我蓦地明白，当我离开蜜蜂的视线，回归自己的视线眺望这一切时，原来我的视线其实是金阁的视线。也就是说，在生逼近我的瞬间，我的视线就不再是我的视线，而是成了金阁的视线。金阁在这一瞬间横空出世，挡在了我和生之间。

我回到了自己的视线。蜜蜂和菊花不过是按规律"排列"在广阔无垠的物质世界里。蜜蜂的飞翔、菊花的摇曳和风的流动没有任何区别，所有事物在静止僵硬的世界里一律平等。释放过无穷魅力的形态也已死亡。菊花之所以美，并非因为其形态，而仅仅因为约定俗成而已，因为我们将其抽象地称为"菊"。我不是蜜蜂，不会陶醉于菊花之美。我也不是菊花，因此不会得到蜜蜂的爱慕。此，所有的形与生之间的流动不再和谐。世界被抛入相对性中，唯独时间生生不息。

当永恒且绝对的金阁出现、其视线占据我的视线时，世界便被抛入相对性里。这样的世界里，只剩金阁保有形态、占有美，其他一切事物都化作尘埃。自此前我在金阁寺脚踩那名外国兵的情妇以来，加上鹤川的突然离世，我心里的疑问便不断重复：

"即便如此，恶是否可行？"

***

这件事发生在昭和二十四年[①]一月。

[①] 1949年。

我趁着周六不用坐禅，在一家便宜的电影院看过电影后，又去了很长时间没逛过的新京极通①。人山人海中，我看见了一张熟悉的脸。还没等我想起是谁，这张脸便消失在了人流中。

此人头戴软礼帽，围着围巾，身着一件价值不菲的外套，和一个女人走在一起。女人身穿一件暗红色外套，一看便知是位艺妓。男人那粉嘟嘟的圆脸，普通中年绅士身上没有的婴儿般的清洁感，长长的鼻子……这些软礼帽下所藏特征的主人不是别人，正是老师。

我虽没有做任何亏心事，却也害怕极了。因为我怕若被老师看到，便成了他隐秘行踪的目击者，在无形间和他建立起或信任或背叛的关系。

突然，一只黑色的狮子狗闯入熙熙攘攘的人群。它仿佛早已习惯于巧妙地穿梭在女人华美的外套和男人的军队大衣间，忽然停在某个店铺前。不一会儿，这只狮子狗又在圣护院八桥②前停下脚步，嗅了嗅味道，仿佛是在确认这家传承至今的老店味道是否有变似的。借着店里的光，我才看清了它的长相。它的一只眼已经瞎了，眼角堆积着眼屎和血，宛若颗颗玛瑙，另一只眼低头盯着地面。它的背上有几块烧伤后结痂的痕迹，与硬毛粘在一起，格外显眼。

不知为何，这只狗吸引了我的注意。或许因为这只狗正固执地寻

---

① 京都市中京区的一条南北向商业街，介于北侧的三条通与南侧的四条通之间，长度较短。其西侧为寺町通，东侧为河原町通、里寺町通。
② 圣护院为修验宗的总山。修验宗位于京都市左京区圣护院中町。八桥，又称八桥饼，此地的名点煎饼特产，外形像筝。

找一个和明亮繁华街区完全不同的世界吧。它行走在嗅觉形成的黑暗世界里，这个世界和人类城市交织在一起。亦可以说，因为这股固执的阴冷气味，明亮的灯火和从放唱机中发出的欢声笑语已显得岌岌可危。因为这股拥有更加明确的秩序的气味，缠绕在狗四周的尿味已经和人的内脏器官散发出的恶臭味紧紧纠缠在一起。

那日天寒地冻。我看到做黑市买卖的两三个年轻人经过一家人门前时，从挂在门上还来不及撤下的门松①上扯下几根松枝。他们张开戴着崭新皮革手套的手掌互相比较。一个人只有几枝断掉的松枝，另一个人扯下的松枝虽只有一枝却很完整。最后，他们笑着走远了。

我这才回过神来，原来我在跟着狗走。它在我眼前时隐时现，当我以为跟丢了的时候，它又出现在我眼前。它在通向河原町通②的小径处拐了个弯，我也随着它的脚步离开新京极通，来到了一条人行道上。道路很黑，在电车轨道旁，它又消失不见了。于是，我停下脚步，四下张望。之后我走到车道旁，继续搜寻它的身影。

这时，一辆闪着光的车停在了我的眼前。门开了，女人先上了车。我不经意地望向车的方向。女人身后一名正准备上车的男人，突然注意到我，顿时令我僵在了原地。

这个男人是老师。我不明白，这难道是冤家路窄吗？距我们擦肩而过不过一会儿工夫。然而，这个男人的的确确是老师，女人也依然

---

① 日本正月竖在房门口或大门口的装饰性松树。松树原为年神入门的依附之物。
② 河原町通为日本京都的一条重要街道，平行于鸭川西岸。

是刚才那个身穿暗红色大衣的女人。

来不及躲闪，惊慌失措的我什么也说不出。当我想发声时，磕巴的声音在口中沸腾了。终于，我做出了一个令人难以置信的表情。这个表情和当时的情景没有丝毫关联——我朝着老师笑了。

我不明白我为何会笑。笑从我的外部袭来，仿佛贴在了我的嘴角。然而，眼见我笑，老师脸色大变：

"蠢货！你难不成打算跟踪我？"

老师厉声斥责后，我用目光瞥见他上了车，"嘭"的一声关上车门，随即消失在夜色里。这时，我突然明白，原来在新京极通遇上老师时他也同时注意到了我。

第二天，我期待着被老师叫去训话，这样我便有机会解释清楚这一切。然而，和上次的踩踏事件一样，老师对此只字不提。于是，无言的拷问又一次拉开了序幕。

母亲偏在这时寄来一封信。信尾毫无新意，又在讲自己活着只为亲眼看见我成为金阁寺住持。

"蠢货！你难不成打算跟踪我？"我越想越觉得老师这一声呵斥中有蹊跷。若是一位智慧诙谐、光明磊落的禅僧，便不会如此出言斥骂弟子，而是会一针见血、一语中的。然而时光不可倒流，这件事虽已无可挽回，但可以肯定老师误会了我。他以为我是故意尾随，最后那一抹笑只为嘲笑他终于露出了马脚，因此他才有些失态。

即便如此,老师越是对此只字不提,我越惶惶不可终日。他的存在重重压在我的心里,像是飞蛾整日围绕在我耳边嗡嗡作响。为此,我总是杯弓蛇影、疑神疑鬼的。通常来说,老师参加法事时,总是只身前往或带两名侍僧①前去。过去侍僧一定是副寺。但近来,他又说要搞什么民主化,于是副寺、殿司②以及我和其他两名弟子,不得不五个人轮流陪他参加法事。过去有个宿舍管理员,整日唠叨不停,后来被军队抓去死在战场上。现在的管理员由一位45岁的副寺兼任。鹤川死后,寺里又添了一个弟子。

正巧同属相国寺派的某个寺庙住持圆寂,新任住持要举行入院仪式,这个寺院又和我们有些渊源,便邀请老师前去参加。正好轮到我陪同。老师没说不让我去,我想正好趁此机会向他解释清楚。可在出发前一天晚上,我却被告知还有另一位新弟子也将一同前往。我的希望大概也落空了。

熟悉五山文学③的人,一定记得康安元年石室善玖④入主京都万寿寺⑤时的入院法语⑥。这位新任住持到任万寿寺,从山门经佛堂,从土

---

① 做法事时跟随主要僧人的僧人。
② 禅宗里,负责佛堂清扫、灯烛、香花等的僧职。
③ 镰仓末期、南北朝时期,由镰仓及京都五山的禅僧写的汉文诗。
④ 1294—1389。室町时期的禅僧。临济宗建长寺、圆觉寺等寺庙住持。文笔僧,因提升日本禅林文学素养而闻名。代表作有《石室善玖语录》。
⑤ 临济宗寺庙,位于京都市东山区。京都五山之一,创建于永长二年(1907)。
⑥ 入院指僧人入主寺庙成为住持,入院法语指入院所需记忆的语句及文章。多为祖师、高僧的浅显易懂的佛教解说。

地堂①过祖师堂②，最后前往方丈③，一路上留下了一段段精妙的法语。

住持遥望山门，怀着激动不已的心情，道：

"天域九重内，帝城万寿门。空手拨关键，赤脚登昆仑。"

待到我们一行来到这个寺庙后，入院仪式如期举行。首先是焚香，然后便开始烧香仪式，以报答嗣法师④。过去禅宗不拘泥于惯例，重视个人开悟的系谱，与其说师父选择弟子，不如说是弟子选择师父。除最初授业的老师，弟子还可从各方师父处接受印可⑤。弟子将从各个师父中选择一位继承其法，并在烧香仪式的法语中当众公布师父的名字。

烧香仪式如此盛大隆重，令我不禁想到，若我继承鹿苑寺，难不成要按惯例公布老师的名字？说不定我会公布其他人的名字，从而打破七百年来的惯例。早春的午后，方丈处还残留一丝冷气，五香氤氲⑥、三具足⑦身后璎珞⑧闪烁，本尊的光背⑨耀眼夺目，众僧侣站作一排，其袈裟五彩斑斓……若有一天我在烧香仪式上点燃焚香……新上

---

① 供奉土地神的庙堂，土地神为守护禅院境内土地的神。自古以来，土地堂和祖师堂分居佛堂两侧。
② 佛教禅宗安置祖师及开山僧人像的庙堂。
③ 寺院长老、住持的居所。
④ 即嗣法的师父。禅宗嗣法香的仪式上，弟子在曲录上面向师父行三拜九叩之礼。
⑤ 师父承认、证明弟子已经开悟或获得宗教上的能力，并传授奥义。
⑥ 供佛前烧香而配制的香。以沉香、白檀、丁香、龙脑和甘松五种粉末混合而成。
⑦ 放在佛前的香炉、花瓶、烛台三种法具。
⑧ 用线串起珠玉或贵金属而制成的首饰。佛教中用于装饰佛像的佛身，寺院内用作内堂装饰。
⑨ 佛像背后的象征性地表示从佛身放光的装饰，头部称头光，躯体部称身光。

任的主持随即化作我的身姿。

这时,在此早春凛冽的空气中,我将肆无忌惮地背叛习惯、践踏惯例。各路僧人必将大惊失色,转而恼羞成怒,脸色苍白。我绝不会提老师的名字,我会说出别的名字……别的名字?可谁又能使我大彻大悟?我竟回答不出谁是我的嗣法师。我将期期艾艾,说不出一个名字。结巴的我只能支支吾吾地说出"美"或"虚无"吧!若是那样,四下将哄堂大笑,我会狼狈不堪、动弹不得……

幻想遭遇了当头一棒。这会儿老师要起身了,我须前去帮助他完成仪式。这对侍僧而言,本是一种荣耀。而且鹿苑寺住持是当日的主宾。烧香仪式结束后,主宾要击白椎①,证明新任住持并非假浮图②。

老师诵道:"法筵龙象众,当观第一义。"③

接着,老师以椎击磬,响声震耳欲聋,传入方丈,发出一声声回响,仿佛又一次提醒我他的位高权重。

越是猜不透老师什么时候打破沉默,我越是心急如焚。若我身上还有一丝人的情感,就无法不期待这份情感得到回应。无论这回应是爱或是憎恨。

---

① 亦作"白槌"。佛教仪式。办佛事时由长老持白杖以宣示始终。
② 即佛陀,佛。
③ 法筵即讲解佛法的筵席。龙居水,象居陆,以二者喻强者。这句话的意思是,出席此法事的各高僧圣人,应先观第一要义。

可悲的是，我已养成了一有机会便对老师察言观色的习惯。然而，老师脸上没有一丝特别的感情，甚至没有冷漠。若这张没有表情的脸意味着轻蔑，那这种轻蔑也并非针对我一个人，而是针对更普遍的人性或各种抽象概念。

从那时起，我便强迫自己想象老师那近乎原始、一丝不挂的丑态；想象他排便时的样子；想象他和穿着暗红大衣的艺妓睡在一起的样子；想象他那张毫无表情的脸上浮现出既非喜悦也非痛苦的快感。

柔软光滑的肉体同肉体融为一体，几乎分不出谁是老师，谁是女人。老师隆起的圆肚和女人微微挺起的小腹相互挤压……不可思议的是，无论如何发挥想象力，老师那毫无表情的脸总是会瞬间化作排便或性交时的兽性表情，这种转变没有过程可言，瞬间由一种变为另一种，由一个极端转至另一个极端，其间不含日常生活中的细微表情，不像彩虹似的有过渡的变化。若果真有一丝的过渡与填补，那就只剩下那一瞬间的粗俗斥责，"蠢货！你难不成打算跟踪我？"

思来想去，盼了又盼，我终于成了欲望之下难以逃脱的俘虏。我渴望老师打破沉默，欲望却不停催促我去揪出他那张憎恶的脸。于是，我绞尽脑汁地想出一个计谋。这个计谋既疯狂又幼稚，将陷我于不利。但我已无法控制自己，以致我竟未曾想过，这个类似恶作剧的计谋将加深老师对我的误会。

我前往学校询问柏木那家店的地址。柏木不问缘由便告诉了我。

那天我早早地去了那家店，细细观察每一张祇园[1]名妓的照片。

人工粉黛装点着每个女人的脸，乍看之下并无二致，细看便能看出其中差异。透过香粉和胭脂勾勒出的面具，诸多性格跃然于脸上：或幸福或不幸，或阴暗或明亮，或敏锐聪慧或美而愚钝，或慵懒烦闷或乐观积极。在众多的照片中，我终于找到了我要的那一张。它在刺眼的光线下反射出耀眼的光，使我差一点儿错过。当我取下它时，不再反光的照片上赫然出现那位身穿暗红大衣的女人的脸。

"我要这张照片。"我对店员说道。

我不知道自己为何如此大胆。但自从有了这一计谋后，难以言喻的喜悦和不可思议的振奋使我感到神清气爽、精神十足。我也曾计划要掩人耳目且要趁着老师不在时实施。可昂扬亢奋的心情催促着我，我竟铤而走险，选择了一个最危险的方法——使老师一眼便能看穿这是我干的"好事"。

现在仍由我每天送报纸去老师房间。时值三月，天气微凉。我像往常一样前往正门取报纸，顺道从怀里掏出那名祇园艺妓的照片，夹在报纸里。我感到心潮澎湃。

树篱在前庭绕一圈形成一个圆，圆的正中央种着一棵铁树。旭日光辉顺着其粗糙的木纹勾勒出一道金边。铁树左侧有一棵不大的菩提

---

[1] 京都最大的艺伎区，由来为佛教中"祇树给孤独园"的简称。

树。四五只晚归的金翅鸟在枝头间飞窜，发出念珠摩擦般的鸣叫。三月还有金翅鸟，这使我感到意外。旭日照在枝头，在其上跳动的的确是金翅鸟的黄色胸毛。前庭的白色石子一片寂静。

我马马虎虎地完成打扫，又小心翼翼地避开走廊的水洼。大书院的拉门紧闭着。天色尚早，映得白色拉门一片惨白。

我像往常一样，跪在走廊上说道：

"打扰您了。"

老师应了一声。我拉开拉门走入房间，将轻轻叠好的报纸放在书桌一角。老师俯头似在读书，自始至终没有看我一眼……我轻轻离开，拉上拉门，强装镇定，缓缓走过走廊回到房间。

离上学还有一段时间。澎湃的心潮没有停歇的迹象，我等待着，却从未像这一刻一样满怀希望。出于获得老师憎恨的目的，我做了这一切。然而我却也幻想出现人和人之间互相理解的热烈场面。

或许老师会突然走到我的房间，原谅我的所作所为。得到原谅的我，终于生平第一次感受到鹤川那样温暖明亮、纯洁无瑕的感情。或许我和老师会张开双臂拥抱彼此，感叹总是太晚才理解对方。

这样荒唐的幻想只持续了片刻，我也不明白它来自何处。回过头来冷静想想，我刚才那愚蠢的行径只会惹得老师一怒之下将我从继任住持的候选名单中剔除，使我永远失去成为住持入主金阁的机会。我安慰自己这一切都是我一手造成的，却竟忘了长久以来对金阁的执着感情。

我竖起耳朵，大书院却没传来任何动静。

我静候着老师暴戾的愤怒，雷鸣般的斥骂。即使老师殴打我、踢踹我，直至我伤痕累累、满脸血迹，我也绝不后悔。

我等了又等。大书院始终静悄悄的，没有一丝声响……

好不容易挨到上学的时间，出寺的我已筋疲力尽、心力交瘁。到了学校，我也无心听课。等到学校老师抽问我，我的回答却与问题风马牛不相及，惹得大家哄堂大笑。只有柏木望着窗外，像丝毫不感兴趣发生了什么似的。想必他已察觉到我波涛汹涌的内心了吧。

放学回到寺里，我也没有察觉到任何异样。寺庙的生活阴暗、腐臭且一成不变，今天和明天之间，永远不会有任何差异。今天正好有一月两次的经典讲解，寺里一众都要去老师房间听讲。我坚信老师必是要假借《无门关》①讲课的名义，在众人面前问责我。

我如此确信是有原因的。若我前去听讲，则说明我有男子汉气概，而且我会面对面坐在老师跟前。而老师眼见我堂堂正正坐其前方，便会以男子汉气概对我予以回应，摘下他伪善的面具，在众人面前论述我的罪状。综上所述，我卑劣的行为一定会遭到问责。

……众弟子手握《无门关》一书，聚在大书院昏暗的电灯下。夜间严寒，只有老师有个小手炉。我的耳边传来吸鼻涕的声音。老少寺僧俯身看书，众人的脸在地上遮出一片黑色的影子，一股有气无力的

---

① 禅书。一卷。1228年中国宋朝临济宗的僧人无门开著。选古人公案四十八则，加上评唱和颂而成。

第七章 | 159

虚弱感笼罩着众人上方。新来的徒弟是一名小学教师，戴着一副不停往鼻梁下滑的眼镜，晚上则回寺休息。

只有我浑身充满力量，至少我是这样认为的。老师摊开书，扫视了众人一眼。然而，老师那皱纹——即便是皱纹也像仔细熨烫过似的——所包围的眼睛，仿佛对我没有丝毫兴趣般，径直跳过了我看向了下一张脸。

讲课开始了。我无心听课，只等着他将话头转向我。我屏息凝神，竖耳倾听。老师尖锐的嗓音围绕在耳边，我却听不见他的内心声音⋯⋯

那夜我辗转反侧，难以入眠。我蔑视老师，对他伪善的面具嗤之以鼻，可内心也逐渐涌现出悔恨，使我无法轻视他，嘲笑他。

我瞧不起老师，瞧不起他的伪善。奇怪的是，我的蔑视却和我的胆怯纠缠在一起。我原本以为老师这样的对手根本不值一提，没想到现在我竟甘拜下风，于是我感到悔恨，想要主动认错。我的亢奋心情达至最高点后，剩下的只有低沉。

明天早上便去承认错误吧！到了第二天早上，我又想，今天之内去认错吧！可老师依旧面无表情。

空气中的风喧嚣不已。放学后，我回到寺里。当我漫不经心地打开抽屉时，却发现一张折好的白纸。打开白纸，里面包着那张照片。白纸上只字未写。

老师似乎想以这种方式来了结这桩事。他并非不闻不问。他这么做似乎是想告诉我,我的所作所为不过是徒劳罢了。然而老师归还照片的方式实在不寻常,直让我浮想联翩。

"不出我所料,老师也很烦恼。老师一定是无路可走了才想出了这么一招。他现在一定恨极了我。仅仅照片本身还不足以使他心生憎恨。但这张照片导致他不得不在自己的寺院里,趁着没人的间隙,蹑手蹑足穿过走廊,走进从未迈进过的徒弟房间,像犯罪般拉开我的抽屉。这张照片使老师变得卑微,却足以使他憎恨我了。"

想到此,我的心中突然迸发出一股来历不明的喜悦。于是,我带着这股喜悦的心情开始了下一步行动。

我将女人的照片剪成了长条状,用了两层笔记本纸将照片严丝合缝地包起来,握着我的杰作走到了金阁池畔。

今夜微风习习。月夜下的金阁依然阴郁,依旧像过去一样保持别致的对称。月光错落有致,金阁恍若一把异样而庞大的乐器。月光洒在纤细的柱子上,看上去宛若琴弦。然而只有风空虚地穿梭过根根琴弦,却奏不出一曲动人的乐曲。

我捡起身旁的石子,将石子包入纸中卷了又卷,直至再也卷不动。方才我剪碎了女人的脸,现在又往那张脸的碎片里包入"镇石",这下我把这碎片扔进了镜湖池里,想必再也找不到了吧。波纹一圈圈扩散开来,一直蔓延到湖畔,伸向我的脚边。

***

那年 11 月，我突然出走。说是突然出走，其实都是以前种种的累积所造成的。

现在想来，看似冲动的突然出走前，我其实有过一段深思熟虑和徘徊犹豫的时期。但我更愿意将我的行为称作一时的冲动。归根结底，我生来欠缺一种冲动，因此也向往模仿冲动的行为。比方说，有一名男子打算第二天去给父亲扫墓，第二天离家后，他走到车站前，突然改变主意，不去扫墓而去了酒肉朋友家。我们能说这名男子做任何事都是出于冲动吗？若扫墓的准备是有意而为之，那变心这一行为难道就是无意而为之的吗？难道变心不比扫墓更需要长期的计划准备吗？即使他的确突然改变心意，他的这一行为难道不是对自己意志的报复吗？

直接导致我出走的，是老师的一句话。前一天晚上，他下定决心似的对我说道：

"我本打算未来让你接替我的位置。现在我明确告诉你，我已没有这样的想法了。"

虽说这是老师第一次明确地说，但我对此早有预感，也做好了心理准备，因此也算不得晴天霹雳。再者，现在才惊慌失措、狼狈不堪也于事无补。然而，我还是喜欢宣称是老师这一番话刺激了我，导致我在冲动之下离开寺院。

照片的计谋成功引起了老师的憎恨，这一点是毋庸置疑的。而且，这件事之后，我开始荒废学业。我的预科一年级的总成绩为 748 分，在 84 名学生中排第 24 名。华语①和历史还考出了第一名的好成绩。464 小时的课程中，我仅缺席 14 小时。预科二年级时，我的总成绩为 693 分，在 77 人中的排名落至第 35 名。上三年级后，身为穷学生的我明明没有什么闲钱可供消遣时间，却频繁缺席课程。三年级的新学期便是在照片事件后开始的。

第一学期结束时，学校已经给了我警告。老师斥责我不仅成绩一蹶不振，缺勤时间也增多。更使他怒不可遏的是，一个学期里，静心禅坐的课本就不多，仅有的三天我竟无一天出席。学校的静心禅坐分别在暑假、寒假和春假前各三天，形式和诸事专门道场相同。

老师原本不太叫我去大书院。为这次训斥，他特意将我叫了过去。我进了大书院，只低着头，一言不发。我依然在等待老师提起艺妓照片和踩踏情妇肚子的事。可老师依旧只字不提。

然而从这时起，老师明显开始疏远我了。事态发展正合我意，是我日思夜想的结果，是我的胜利。不过这种胜利太过轻松，只是偷懒而已。

三年级第一学期，我的缺勤课时足有 60 小时，是一年级缺勤总课时的四倍之多。这么多时间，我既没读书，也因为没有钱可以消遣，只能偶尔和柏木聊聊天。其他时候我都独自一人，无所事事。我对大谷大学的印象几乎只剩下这一段无所事事的时光。我愈发沉默寡言，

---

① 中文。

游手好闲。这反而成为我独创的静心禅坐方式，因而在这段时间，我未曾感到片刻的烦闷。

我曾坐在草地上，连续几个小时盯着草地上的蚂蚁，看着它们搬运微细的红色尘土筑巢。但这未曾使我提起丝毫兴趣。我曾长久地凝望缕缕薄烟，看着它们从学校背后的工厂烟囱中飘出。这也未曾使我提起丝毫兴趣……我沉浸在自我这片大海中，水已淹没至我的脖颈。外界忽冷忽热。没错，外界勾出一个个斑点，又画出一条条界线。我的内部和外界不规则地缓慢交错，四周无意义的风景进入我的眼帘，闯入我的内部。然而未闯入的部分在远方展现出勃勃生机，发出夺目的光彩。那夺目的光彩有时是工厂上的旗帜，有时是土墙上毫无意义的斑点，有时又是草坪上无人问津的一只破木屐。世间万物在我的内部瞬间萌芽，又瞬间湮灭。或许可以称作所有无形的思想……重要的事和琐碎的事紧密联系在一起，今天在报纸上读到的欧洲政治事件，恍惚间和眼前这只无人问津的破木屐有着千丝万缕的联系。

我曾长时间地思考一根草和其尖端形成的锐角。说思考不太适当。那不可思议的细碎的念想绝不像思考般那么持久，我的感觉好像鲜活又仿佛死寂，如同叠句般来来回回，执着地重复着生起灭去。为何这根草的尖端，必须形成这样一个锋利的锐角呢？若是钝角，这根草便不再归属于草的种类，大自然便会从这一个锐角开始逐渐崩塌吗？若从大自然中拿走一个小小齿轮般微不足道的一分一毫，难道不会颠覆整个大自然吗？我天马行空又徒劳无益地思考着。

——老师突然训斥我,使得寺里的人对我的态度日益冷漠。曾嫉妒我上大学的弟子,看我时总带着一丝幸灾乐祸的轻蔑冷笑。

夏天过去了,秋天也过去了,我在寺内几乎不同任何人讲话。我出走的前一天早上,老师命副寺前来叫我去他房间。

那天是11月9日。副寺叫我时我还未出门上学,我穿着校服,来到老师房间。

看到我后,不吐不快的怨气压得老师充满福气的脸都变形了。老师的眼神仿佛看到一个无赖般,这令我忍不住想拍手称快。这双眼睛里的情感,我已渴望太久。

老师移开双眼,在手炉上一边搓手一边言语。柔软的肉轻轻摩擦的声音,穿透初冬朝日的空气,却显得如此微弱。但肉和肉之间的亲密无间却又如此清晰刺眼,令我心生不快。

"你父亲在九泉之下也难瞑目啊!你看看这封信,学校又发来警告了。你这样下去,今后如何是好。你自己好好想想吧!"说完这些话后,老师便说出了那句话,"我本打算未来让你接任我的位置。现在我明确告诉你,我已没有这样的想法了。"

我沉默良久,开口说道:

"您不会是要抛弃我了吧?"

老师沉默片刻后,终于说道:

"你做到如此地步,还想着不被抛弃吗?"

我没有作答。过了一会儿,我在自己还未意识到时,磕磕巴巴地说起了别的事。

"老师您对我无所不知。我对您也是了解得一清二楚。"

"知道又怎样?"和尚的脸阴了下来,"知道也无济于事,不成气候。"

透过老师的脸,我看出他此刻已抛下俗世。没有能比他这张脸更冷酷清晰地表现出目空一切的态度。他的双手沾满了生活的点点滴滴、金钱、女人,所有一切的痕迹,却对俗世这般嗤之以鼻……我感到一阵厌恶,就像触到一具尚有温度和血色的死尸。

那一刻,我内心涌起一股远走他乡的冲动。我渴望从这里脱身,片刻也好,只要能远离身边这一切。我离开老师房间后便一直在想出走的事,这股冲动愈发强烈。

我往包袱里装了佛教辞典和柏木送我的尺八,背着书包提着包袱急匆匆赶往学校。一路上我都在想出走的准备。

穿过校门,我正好看见柏木走在前面。我拉着柏木来到路旁,告诉他我想借三千日元,并把佛教辞典、尺八和一些杂物递给他,拜托他替我换成钱。

往日里,柏木的脸上总挂着一副哲学家论述悖论时的舒畅表情。可这时,那张脸消失了,取而代之的是一张又小又窄的脸,盯着我的目光扑朔迷离。

"你还记得《哈姆雷特》这部剧中,雷欧提斯的父亲对儿子的警告吗?'不向人借钱,也不借给人钱,借出去往往是人财两失。'"

"我早没有父亲了。"我说道,"不借也没关系。"

"我也没说不借,咱们有话好说。我这就去看看我有多少钱,够不够三千。"

我不禁想起插花师傅讲的柏木的手段,本想一一列举柏木从女人那骗钱的花言巧语,却又止住了。

"先把辞典和尺八卖掉吧!"

柏木说道,随即转身往校门方向走去。我也转了个身,放缓脚步和他并排着走。柏木跟我提到光俱乐部[1]学生社长被检举疑似从事金融黑市交易,九月份虽被释放,但信用一蹶不振而深陷困苦。自今年春天起,柏木便格外关注光俱乐部社长的动态,我们也常谈论起他。过去我和柏木都坚信他是社会强者,却没想到不到两周他便自杀身亡。

"你打算用这些钱干什么?"

柏木忽地这么一问,反令我感觉这并非他的作风。

"我想出远门散散心。"

"还回来吗?"

"说不准……"

"你想逃避什么吗?"

---

[1] 战败后,日本一度处于混乱期,东京大学法学部学生山崎晃嗣趁机经营一家高利贷金融公司,取名为光俱乐部。昭和二十四年(1949)十一月,由于物价统治令和违反《银行法》而负债累累最终破产,山崎也因此服毒自杀。这件事十分具有战后革新特征,因此成为媒体广为报道的素材。三岛由纪夫小说《青色时代》就是以此为原型创作。

"周围的一切,还有周围人散发出的空虚气味……老师也束手无策。这我也察觉到了。"

"金阁呢?"

"没错,还有金阁。"

"金阁也使你感到空虚吗?"

"金阁绝不会使我感到空虚,但却是所有空虚的罪魁祸首。"

"这番话可真有你的风格。"

柏木一边愉快地咂嘴说道,一边以夸张的舞蹈脚步在步道上跳跃。

我跟在柏木身后进了一家阴冷窄小的二手店,只以四百日元的价格卖掉了尺八。随后,我们来到二手书店,以一百日元的价格卖掉了辞典。为了凑够剩下的两千五百日元,柏木便领着我来到了他的出租房。

到了房间,出乎我意料的是,柏木说道,尺八是我还给他的,辞典算我送给他的,都归属他,因此卖掉的五百日元也是他的。再加上现在两千五百日元,我的借款总共为三千日元。至还款前,每月利息为本金的一成。他还说道,一成的利息和光俱乐部三成四分的利息相比,简直算是一种恩惠了……他接着拿出半纸[①]和砚台盒,郑重其事地写下借款条件,并要求我在借款证明上按上了拇指印。我向来不喜欢考虑未来的事,便同意了。

——我心急如焚,揣了三千日元起身离去,乘上电车在船冈公园

[①] 长24~26厘米,宽32~35厘米的日本纸。

前下了车,登上迂回通往建勋神社的石阶。去神社是因为我想获得神签指引,告诉我接下来该前往何处。

快登上石阶顶端前,我看见石阶右手边的义照稻荷神社,朱红色的社殿发出耀眼的光芒,殿前还有一对罩在铁网里的石狐。石狐嘴里衔着一卷文书,一双敏锐的耳朵也涂成了朱红色。

这天阳光暗淡,风微微作响,空气中透着一丝凉意。昏暗的日光透过树丛,在缓缓向上延伸的石阶上落下一层灰色的树影,像给石阶蒙上了一层灰。

我一口气登完了石阶。当我登顶建勋神社宽阔的前庭时,早已满身是汗。我的正面是一条通往前殿①的石板路,平坦的石板路一路向前铺开。矮松立在左右两侧,隔出一条参道②,与上方的天空平行。我的右手边的社务所有些历史了,墙是木色的,拉门处挂着写有"命运研究所"的木牌,社务所和前殿间有个白色的仓库房,旁边立了些杉木。灰冷的淡白色云朵中藏着几束沉重的光。京都西郊的群山连接着一反常态的天空。

建勋神社的主祭神为织田信长③,同时祀有他的长子信忠④。神社

---

① 日本神社正殿前的行叩拜礼的建筑物。
② 参拜神社、寺院的人修的道路。
③ 1534—1582。战国时代的武将。1560年,在桶狭间大败今川义元,名声大震。1573年,流放将军足利义昭,灭亡室町幕府。修筑安土城,着手统一全国。因遭明智光秀的偷袭,在本能寺自刎。
④ 1557—1582。安土桃山时代的武将,信长长子,秋田城介,岐阜城主。本能寺之乱中,在二条城与明智光秀的军队作战,失败自刎。

简朴素雅，只有围绕前殿的朱红色栏杆增添了几分色彩。

我登上石阶拜后，拿过放在功德箱旁边木架上的六角旧木盒。我摇了摇，掉出一支削得细尖的竹签。竹签上只用墨写着两个字"一四"。

我转过身，一边喃喃地重复"一四……一四……"，一边走下了石阶。数字的音停留在我的舌尖，想要拼凑出文字本身的意思。

我站在社务所门口请求指点迷津。前来的中年妇女看似厨房杂工，一边不停用脱下的围裙擦手，一边面无表情地接过十日元。

"多少号？"

"十四号。"

"请在走廊上稍等一下。"

我坐在外廊上等候，不由思考将自己的命运交由那个中年妇女沾湿且皲裂的手又有什么意义呢？可我本来便是看中了无意义这一点才来此处，因此也无妨。拉门内传来一阵拉开抽屉时圆环碰撞木板的声音，这抽屉大概早已陈旧，难以拉开。之后又传来翻纸的声音，等了好长一段时间，拉门终于拉开一道缝。

"请您拿好。"

女人递出一张纸，又拉上了拉门。纸的一角还沾有女人的湿指印。

我看了看纸，上面写道："第十四号凶"。

"汝有此间者遂为八十神所灭"[①]

[①] 源于日本《古事记》上卷大国主命的故事。八十神为众神。大致意思为大国主命遭烤石飞矢等异母兄弟的迫害，在先祖神的指引下离开住所避难的预言。

即"大国主命遭火石飞矢之灾,应遵祖神御示,远离此国悄然隐退。"

解说为人生难如意且前途多不安,我却没有因此退缩。纸条上还写了其他许多项目,我只挑了旅行看。

"旅行——凶。尤其不宜向西北。"

我决定往西北方向去。

***

开往敦贺的列车早上 6 点 50 分左右从京都站出发。寺里 5 点半起床。10 日一早,我一起床便迅速换好了校服,却无一人感到惊讶。我也习惯了所有人对我的视而不见。

黎明时分,人们都各自散往寺庙各处打扫。从这时起到 6 点半一直都是打扫的时间。

我负责打扫前庭。我包也没带,打算从这里出发踏上旅途,并趁此制造出凭空消失的错觉——拂晓里,砂石道微微泛白,我和扫帚安静地移动着。突然扫帚倒地,我不见了身影,微明的天空中,只剩下泛白的砂石道。

因此,我没有和金阁告别。金阁也在我身处的环境中,我必须从这个环境中消失。我一边打扫一边缓慢移向正门。这时还能透过松树枝头眺望到拂晓的群星。

我心潮澎湃,该出发了,应该说该振翅高飞了。从此离开这里,离开捆绑我的美的观念，离开我的坎坷遭遇，离开我的结巴，离开我存在的条件。

像成熟果实离开树枝一般，扫帚从我手中自然滑落，掉在了黎明的草丛中。我在草丛中蹑手蹑脚地走向正门，一出正门便一股脑儿地往前冲。首班车快进站了。我的四周稀稀疏疏有一些看似劳动者的乘客，我混在他们之中，上了电车。我尽情沐浴着电车内明亮的电灯，仿佛自己从未来过如此明亮的地方。

至今，这趟旅行的点点滴滴仍历历在目。出走前，我也打算过往哪里走，初步敲定为中学时修学旅行的方向。在我一点点接近目的地的这段时间，由于我一心只想着出发和自由，前方等待我的风景也成了一片未知的天地。

火车前行线路将通往我的出生地。我对此应当并不陌生，可一种从未有过的新鲜感却涌上心头。我好奇地望向腐旧发黑的列车，仿佛望向奇珍异宝似的。车站、黎明时分的汽笛乃至扩音器里声声沙哑的回响，都在强调着同一个新鲜的感情，愈发使我眼前一亮，心旷神怡。旭日将宽阔的站台分隔开来。迈向站台的脚步声，木屐发出的哒哒声，重复着的单调响铃，从车站小卖部递出的柑橘……这些线索仿佛提示着我现在身在何处，也预告着未来我将身处何方。

车站的每个细小碎片无不充斥着别离和出发的情绪也让别离和出发的感情交融在一起。站台渐渐远去，如此从容，又如此端庄。我感受到了这张面无表情的混凝土平面就此动身、远去,逐渐熠熠生辉。

我相信火车。这么说有点奇怪,可我的确感到自己身处的位置正一点点远离京都。为保证这不可思议的感受并非错觉,我只能这么说。我尚在鹿苑寺时,夜晚常听到花园附近传来载货列车的汽笛声。正如这些传来汽笛声的列车般,我现在搭乘着一列不分昼夜、只顾疾行的火车,驶向我向往的远方,这感觉妙不可言。

火车行驶至靛蓝色的保津海峡。我曾同我那病恹恹的父亲一起乘车路过这里。或许是受到气流的影响,爱宕连山和岚山西边,从车轨处至园部①这一带的气候和京都截然不同。十月至十二月,从夜晚 11 点到早上 10 点左右,保津川上方的雾霭毫不留情地覆盖着这一带,永不停歇,几乎从未静止过。

朦胧的雾霭中,青霉色的田园隐约可见。田埂里立着几棵高低粗细各不同的树,枝叶修得很高,露出纤细的枝干,四周堆着些在此地被称作蒸笼的干草堆。当这些纤细的树干在雾霭中依次出现在眼前,我仿佛看到了树之幽灵。有时车窗外突然出现一棵巨柳,与背景里视野所不及的灰色田园形成鲜明对比。它垂下了沉重的枝叶,在雾霭中轻轻摇曳。

离开京都时,我意气风发。这会儿我却开始追忆逝者了。有关有为子、父亲和鹤川的回忆在我的内心唤起了不可言喻的关怀与温柔,

---

① 位于日本京都府中部,东南邻龟冈市,与兵库县接壤。

令我怀疑在我对人的感情中，是否只能爱死者。相比生者，死者何等容易得到我的爱的眷顾啊！

难以获得爱之眷顾的生者正坐在并不太挤的三等座车厢里。他们或慌慌张张地抽着烟，或剥着柑橘皮。其中有个公共团体，团员老职工们在我旁边的座位上大声交谈。他们都身着粗旧的西服，其中一人的袖口处露出了破了洞的条纹里衬。看着他们，我不禁感叹：平庸绝不可能随着年龄的增长而衰退。这些市井百姓的圆脸黑黝黝且皱巴巴的，连同醉酒后的嘶哑嗓音，简直可以说是平庸的精华。

他们正讨论应让什么人为公共团体捐款。一位显得冷静的秃头老人沉默不语，只是不停地拿出洗得发黄的白麻手帕擦着双手。

"看我这双黑手，都是给煤烟熏得。真让人头疼。"

"我记得你给报社投过一次稿，就是讲煤烟问题的吧？"另一个人搭上了老人的话。

"没有，没有。"秃老头否认道，"总之，真让人头疼。"

我任由他们的谈话飘进耳朵。谈话里还时不时传来金阁寺、银阁寺的名字。

他们就金阁寺和银阁寺应捐赠更多的钱达成一致。我听他们说道，金阁寺的年收入超过五百万日元，寺中生活和禅家并无二致，加上水电费，一年最多只需开支二十万日元左右。可住持天天让寺里小僧吃冷饭，拿着剩下的钱夜夜在祇园寻欢作乐。金阁寺又不必交税，简直就像有治外法权①一样。他们紧接着说道,既然如此,金阁寺就应多捐款。

秃老头依旧擦着双手,每当谈话进行不下去时,便说道:

"真让人头疼。"

这句话仿佛成了大家的结论。老人那双不停擦拭的双手,已经没有煤烟的痕迹,反而散发出坠饰的光泽。这双手竟更像一双手套。

令我感到不可思议的是,他们的谈话竟是我首次听到的世俗的批评。我归属于僧侣的世界,我的学校也在这个世界里,这个世界里的人从不会相互批评。然而,我却丝毫不惊讶于老职员们的对话内容。原来大家早已把这一切看在了眼里!我们这些小僧吃着冷饭,住持却日日在祇园寻欢作乐……可我厌恶老职员们对我的理解,难以接受自己被"他们的理解方式"所理解。"我的理解"和"他们的理解"截然不同。不要忘了即使我看到老师和祇园艺妓一道行走,也从未感到过任何厌恶。

因此,老职员们的对话在我的心里,仿佛廉价留香般渐渐散去,最后只剩厌恶。我丝毫不打算寻求社会共识。我不想为我的思想套上条条框框,以便容易得到世俗的理解。我也反复强调过了,不被理解是我存在的条件。

——门突然开了,胸前挂着一个大篮子的销售人员,扯着嘶哑的嗓音出现在我面前。我才意识到自己饿了,遂点了像是海草制成的面

---

① 在外国领土内不受该国统治权力支配。

食代替米饭。窗外雾霭逐渐散去，天空中却没有一丝阳光。丹波①山麓贫瘠的土地上，看得见一旁种有构树的村庄。

舞鹤湾——不知为何，这声呼唤一直牵动着我的心。打我从志乐村度过年少时光起，舞鹤湾便成了看不见的大海的象征，成了预感大海方向的代名词。

若登上志乐村后高耸的青叶山顶，便能望见这片看不见的大海。我曾两次登顶青叶山。第二次登顶时，我们还有幸目睹了驶入舞鹤军港的联合舰队。

舰队停泊在波光粼粼的海湾内，隐去了不为人知的气势。凡与舰队相关，无不属于军事机密，就连住在附近的我们都曾怀疑其是否真的存在。因此，远方的这支舰队，仿佛在照片上见过却又不知其名的黑色水鸟，因不知道四周有人的目光，遂卸下威风凛凛的身姿，各自打闹嬉戏。幸得在它们附近，有一只凶猛的老鸟警惕地保护这群小鸟。

……我听到列车员通知下一站即将抵达西舞鹤时才回过神来。我看向四周，乘客中，没有慌张背起行李的水兵。除了我以外，仅两三个从事黑市买卖模样的人在收拾着东西。

一切都变了。英语的交通标识耀武扬威，街角使用的货币也换成了外汇，街上很多美国大兵来来回回。

---

① 日本旧国名之一，相当于京都府中部和兵库县中部。

初冬阴沉的天空下,冰冷的微风夹杂着海盐的气味吹过军用道路。这不是大海的味道,反而像无机铁锈的味道。狭窄的入海口像一条挖出的运河,深入街道正中。死寂的海面、停靠岸边的美国小舰艇……这里的确和平,然而过度的卫生管理剥夺了这个军港过去不规则的肉体活力,把整座小镇变成了一个巨型医院。

我没打算在这里同大海亲密接触。或许我身后会驶来一辆吉普车,一不小心将我撞入大海。回过头来想想,我在决定这趟冲动旅行的目的地时,有一半暗示源于大海的呼唤。呼唤我的大海并非这种靠人工港湾与陆地相连的大海,而是我幼年时在故乡成生海角所见的大海,不经雕琢且汹涌澎湃的大海。我渴望的是那片惊涛骇浪、狂野愤怒、焦躁不安的日本海。

因此,我决定动身前往由良①。这片海滨每到夏天便会设立海水浴场,热闹非凡。而这个季节,陆地和大海正在暗地里互相抗衡着,想必只剩一片冷清。我的双脚依稀记得,从西舞鹤到由良应是足有三里远。

从舞鹤市出发的道路和宫津线形成直角交叉,沿着海湾底部向西蜿蜒。翻过泷尸岭,便可看到由良川。过了大川桥,再沿着由良川西岸一路北上,便能走到河口。

我走出了市区,一路向前……

---

① 兵库县洲本市的地区名。位于淡路岛东南端,第二次世界大战中的军事要塞地带。以濒临友海峡的美丽海岸而闻名。

走累了，我便问自己：

"由良有什么？我是为了证明什么才如此不知疲倦地前行着？那里不是只有一片日本海和无人的海滨吗？"

我的脚步却未曾停歇。不管去向何方，不管是哪里，我一定会抵达终点。我想去的地名，没有任何意义，可我不在乎结果。直面结果的勇气涌上心头，这勇气几乎堪称不道德。

阴晴不定的天空中又钻出了暗淡的阳光，道路两旁的榉树在稀薄的日光下引我前去歇脚，然而我感到自己没有这般闲暇时光可用于放任光阴荏苒，休歇身心。

广阔的由良川流域并非一点点呈现在眼前的。翻过泷尸岭，由良川便蓦地出现在峡谷处。河面很宽，蓝色的河水像静止了一般，在灰暗的天空下仿佛不情愿似的流入大海。

来到由良川西岸，再也看不见人影车影。沿着河岸行走，不时能看到柑橘的田埂，却无人耕种。这附近有一个小村落，叫和江。偶尔从村落那头传来一两声高高的除草声，或是跑出一只鼻尖长着黑毛的小狗，除此之外，再也感受不到人烟。

这附近有一地方倒是颇为有名，是来历不明的山椒大夫[①]的宅邸遗迹。我没想过要去参观，视线又全集中在远处的河面上，不知不觉中便走过了他的故居。河面上有座岛，岛上种满了竹子。一路上我虽未

[①] 丹后国由良传说中的富人。陆奥国岩城判官正氏的儿女安寿姬与厨子王被卖给山椒大夫而遭到残酷对待，后来厨子王逃出魔掌到京城，飞黄腾达后向山椒报仇。

感到有风，岛上竹林却随风飘摇。岛上还有一两条街大小的田埂，想必是靠雨水浇灌。目之所及没有农夫的人影，只有一人背对着我在岛上垂钓。

隔了许久，才终于看到一个人影，这使我倍感亲切。

"他是在钓鲻鱼吗？若果真如此，这里便离河口不远了。"

这时，弯腰的竹林发出的沙沙声盖过了流水声。竹林上空飘着一层雾霭，原来是下雨了。雨滴浸湿了干枯的岛。转瞬间雨滴便打在了我的头上。我抬眼又望了望岛，岛上的雨已停。垂钓者依然保持着方才的姿势，一动不动。过了不久，我头顶的阵雨也飘走了。

道路拐角处长满了芒草和秋草，高得盖过了我的视野。冰冷的海风钻进了我的鼻子，我知道，河口就在前方不远处了。

靠近由良川入海口的地方，河面上的小岛多了好几处，都显得空落落的。河水的确离大海越来越近了。虽受潮起潮落的影响，这里的河面却愈发平静，没有一丝大海的气息，仿佛失去意识死去的植物人似的。

河口却意外地窄，河流与大海在此交融汇合又互相侵占。大海与远处堆积在天空的乌云相接，连成一片。眼见此景，我已分不清何处是苍穹，何处为大海。

若我要触碰大海、感知大海，我须穿过田野，逆风前行。劲风刮遍了整个北边的大海，也只有大海才能在如此荒凉的田野上，浪费如此冷酷的劲风。这片大海是覆盖这个地区的气体，人们看不见它，却能感受到它的命令，受它的支配。

河口对面叠出层层海浪，标示着灰色海面的位置。河口正面浮出一座形似圆礼帽的小岛，距陆地八里左右。这便是保护鸟类大水薙鸟栖息的冠岛。

我步入一块旱地，环顾四下，满目苍茫。

这时，我心头闪过一个暗示出某种意义的念头。但这个念头稍纵即逝，瞬间又失去了意义。为此，我在田野中伫立了一会儿，打在身上的冷风使我无法思考。我便继续朝着大海的方向逆风而行。

贫瘠的旱地前方是一片石子遍地的荒地。野草一半已枯萎，剩下的一半也不过是趴在土地上的青苔杂草，叶子瘪得蜷作一团。砂石已经入侵了这一带。

在我转过身背对狂风、仰望身后的由良川时，一阵低沉又略带颤抖的呼喊声传入耳里。

我四处寻找声音的来源。通往海滨的低矮悬崖边上有一条小径，上面有护岸工程开凿的痕迹，工程勉强扛住了大海的侵蚀。白骨般的混凝土柱子散落四处，在砂石的映衬下更显鲜明。原来这声音来自翻搅水泥的混凝土搅拌机。四五个鼻头通红的工人，正带着惊讶的表情望着身穿校服的我。

沿着从海滨伸向天空的方向，大海急剧地凹陷为钵形。我脚踩花岗岩砂石，朝着浪花走去。我的内心欣喜不已，因为我正一步步迈向刚才一闪而逝的意义。寒风凛冽，没戴手套的双手早已冻僵，我却毫不在意。

这才是日本海——我所有不幸和一切阴暗思想的源泉，我所有丑恶行为及力量的根源。大海波涛汹涌，海浪呼啸而至，浪和浪之间却是平缓灰暗的深渊。压低至海面的乌云霸占了低沉的天空，既厚重，又纤柔。连成一片的厚重乌云吞噬了若隐若现的天空，仿佛无比轻柔且冰冷的羽毛镶边，镶满了灰青色的苍穹。铅色的大海背靠海角群山。所有的这一切中都暗藏着动与不动，蕴含着不断涌动的阴暗力量和矿物质般的永恒凝固的感觉。

我突然想起初见柏木时，他告诉我的那句话："我们之所以突然变得残酷、杀气腾腾，绝不是因为我们眼见痛苦。在一个风和日丽的春日午后，在修剪得整整齐齐的草坪上，在无意眺望透过树林的阳光时，在类似这样的瞬间，我们才会性情大变，变得残暴不已。"

我面朝汹涌的波涛，正对着凛冽的北风。这里既没有和煦阳光的春日午后，也没有平整的草坪。然而，这荒凉的大自然却比春日午后的草坪更打动我的心，令我心旷神怡。我在这里感到满足且轻松，我在这里不受任何威胁。

那突然而至的念头想传达给我的意义，难道是柏木所讲的残酷吗？总之这个念头突如其来，产生于我内部，给予我一闪而过的意义，启发并照亮了我的内部。我还未及深思，这一念头就如同灵光般闪入我的脑海。迄今从未想过的这一念头，在我内部诞生的那一刻便伴随着无限的力量，逐渐吞噬了我。这个念头是：

"我一定要烧掉金阁。"

第 八 章

我继续沿着中学时修学旅行的路线,来到了宫津线上的丹后由良站。车站前空无一人,因为在这片土地上,人们主要是靠夏季短暂的繁荣来维持生计的。

车站前有家小旅馆,门前的招牌上写着"海水浴御旅馆由良馆"。打算在此落脚的我拉开了磨砂玻璃门,往里唤了一声,却无人回应。送迎客人的台阶板上早已积上一层厚厚的灰,雨窗紧闭,室内一片昏暗,完全不像有人住的样子。

我绕到旅馆背后,一个朴素的小庭院出现在眼前。院里的菊花早已枯萎,只剩上方设有一个水槽,下面挂着淋浴设施,供夏天从海边回来的旅客冲洗身上的沙子。

离这里不远处有一栋小房子,似乎住着老板一家人。紧闭的玻璃窗处传来又高又响的广播声,听起来虚无缥缈,反倒像没人居住似的。我走到房门前,站在两三双随意扔下的木屐旁,趁广播的间隙叫喊了两声,依旧没有回应,我只好百无聊赖地等着。

当一两束阳光透过阴郁的天空射向大地,照亮放在门前的木屐箱时,我感到身后出现晃动的人影。

影子的主人是一个肤色白皙的胖女人,她的身体轮廓仿佛被不断向外扩散的肉融解了似的,小眼睛眯得只剩一条缝,正上下打量着我。我声称想在此投宿,女人没说什么,只是转过身去,走向了旅馆大门。

——我的房间虽然很小,在二楼角落,却有一扇窗户面向大海。女人给我送来的手炉散发出微弱的热气,熏得长期不开窗的房间充满霉臭味。难以忍受的我打开窗,任凭北风吹打在身上。还和刚才一样,云层自顾自地嬉戏着,迈动的步伐缓慢而沉重,仿佛大自然冲动又漫无目的的出走似的。然而我隐隐约约能看到其间存在一片小小的碧空,宛若一颗聪颖睿智的蓝色结晶。但站在窗前的我,却没看见海。

……我站在窗边,开始探寻方才产生的念头。我问自己,为何没想过在烧金阁前杀了老师呢?迄今为止,我从未动过杀老师的念头。即使这一刻有了这种念头,我也立刻明白这种行为毫无意义。即便我杀了老师,他那充满兽性的光头和无能为力的罪恶,也还是会从黑暗的地平线上源源不断地涌出。

有生之物,无一例外都没有金阁般独特的不可重复性。人类吸收了大自然诸多属性的一部分,以可重复的方式传播这些属性并繁衍下去。若杀人者的目的是破坏被杀者的不可重复性,那可真是打错了算盘。金阁的存在和人类的存在将会形成愈发鲜明的对比:正因人类的外形易灭,才会生出永生的幻想。那么金阁不灭的美中,反而有了被毁灭的可能性。人终有一死,人类却无法根绝;金阁金刚不坏,却逃脱不了被毁灭的命运。为何人们没有意识到这一点?我的见解可谓真知灼见。若这明治三十年(1897年)被认定为国宝的金阁毁于我手,这种毁灭的行为便造成了纯粹的、永远无法挽救的破坏,也必然对人类所创造的美造成沉重的打击。

我越是思考,越觉得轻松愉悦。"若烧了金阁,"教育效果必然显著。我自言自语道,"因为人们能从中明白,推论得出的永恒没有任何意义。金阁立于镜湖池畔550年又能保证什么呢?人类将在不安中学会:所谓理所当然——我们的生存所依赖的前提,有可能明天便会崩塌。"

没错。我们的生存,得益于身处凝结一定时间的众多凝固物之中。木匠最初制作小抽屉的目的是为了方便整理。然而随着时间的流逝,时间便凌驾于物体的形态之上。再过数十年、数百年,时间反而凝固成了物体的形态。这一定的空间最初是由物体占据的,随后被由凝结的时间占领,变作某种我们称之为灵魂的东西。中世纪《御伽草子》①中的《付丧神记》②的开头如是写道:

"《阴阳杂记》云,器物历经百年化身妖灵,欺人心,称付丧神。

---

① 日本中世纪短篇小说的总称。御伽草子是室町时代至江户时代期完成的三百余短片物语,作者大都不详。享保年间,大阪某书肆的涉川清右卫门以《御伽文库》的书名刊出其中的二十三篇,以后便成为中世纪短篇小说的总称。种类繁多,包括恋爱类、幼儿类、遁世类、立身出世类、神佛同体题材、异类题材等,多为教训、启蒙、幻想等内容。
② 连环画书,共两卷。作者不详。室町时代作品。描述历经百年的陈旧器物化身妖怪,兴风作浪的故事。

由是,世俗间每至立春之时,家家清除旧家具什物,弃置路旁,称扫尘。家具什物不满百年,世俗才得以免受付丧神之灾。"

我就是迫使人们睁开双眼的付丧神,以灾难的行为拯救世人。我的这种行为将金阁存在的世界,推至金阁不存在的世界,世界的意义将发生变化……

……我越想越觉得快活。我当下所处的、双眼所见的世界,正一步步接近没落与终结。落日的光线洒落一地,金碧辉煌的金阁正沐浴着最后一丝余晖。它所存在的世界,仿佛指尖的细沙正一点一点地向深渊滑落……

***

我在由良馆待了三天。老板娘见我三天未曾迈出房门一步,形迹可疑,就通报了警察,才迫使我结束了这段旅程。当身穿制服的警官走进房间时,我的第一反应是以为自己的想法暴露了,惊恐不已。随即反应过来,自己不过是杞人忧天。警官只简单地询问了几个问题,我也一五一十地回答说,自己想暂时远离寺院生活才出走来到此地。接着我出示了学生证,还特意当着警官的面付清了房费。没想到,警官竟瞬间转变态度,关切地给鹿苑寺打去电话,确认我并非说谎后,还提出将我送回寺里。并且考虑到我将来"大有前途",他还特意换上了便装。

我们二人在丹后由良站等待火车时，下起了阵雨，没有房顶的车站很快便被淋湿。警官带我走进车站办公室，身穿便服的他骄傲地告诉我，自己同车站站长和工作人员都是好友，还向大家介绍我是他京都来的侄子。

我这会儿才明白革命者在革命前夕的心情。铁路发出耀眼的火光，村里的站长和警官围着铁炉，谈笑风生，却丝毫未料想到世界的变动已迫在眉睫，自身所处世界的秩序即将崩溃。

"若金阁遭烧毁……若金阁遭烧毁，这些人的世界将面目全非，生活的金科玉律将不复存在，列车时刻表将一片混乱，他们的法律也不再有效。"

我感到窃喜，他们竟丝毫未察觉到，身旁这个若无其事地伸手烤火之人就是将来的犯人。一个性格爽朗的年轻工作人员正大声炫耀下个休假日的计划。他说休息日要去看电影，还说那是一部催人泪下的精彩电影，里面还有花哨的武打戏。这位朝气蓬勃、远比我强壮且充满活力的青年，在下一个休息日里将去看电影，然后拥抱女人进入甜蜜的梦乡。

他不停地打趣站长，讲些笑话，遭责备后又急忙去添炭火，或在黑板上写下几个不明所以的数字。我眼见这一切，险些成为生活魅力的俘虏，或是成为对生活嫉妒的俘虏。若不烧毁金阁，远离禅寺还俗，我也能过上这样的生活。

……可在这瞬间，黑暗的力量睁开了双眼，将我拽离此地。我必须烧毁金阁！烧毁金阁后，为我特别定制的、前无古人后无来者的生将拉开序幕。

——站长起身去接电话，回来后他仿佛出席某个重要场合般，站到镜子前，整理好镶金边的制服帽，清了清嗓子，转过身去了雨过天晴的站台，我所乘坐的火车即将进站。火车沿着线路穿过悬崖，一阵低沉的轰隆声传来，这是火车经过阵雨后的悬崖时传来的刺耳且潮湿的声音。

***

晚上8点10分前，我们回到了京都。便装警官送我来到金阁寺正门。那夜寒风侵肌。走出漆黑的松林，来到显得僵硬的正门前时，我看到了母亲。

母亲正好站在那块告示牌旁："若有违反者,将依法对其进行处罚。"她那头蓬乱的白发在门灯的映照下，仿佛一根根倒立在头上。其实母亲的头发并非满头花白，只是因为白光的原因。她那散乱头发下围着一张毫无表情的小脸。

母亲身材矮小，现在整个人却肿成一大块，使人看着很不自在。她身后的正门大敞着，露出一片阴暗的前庭。母亲身上简陋的和服穿得走了样，腰间系有唯一一根外出时用的腰带。这腰带上虽有金线刺绣，却早已磨破，破旧不堪。母亲背对着这片黑暗站立着，活像一具僵尸。

第八章

我踌躇不前，不知道为何母亲竟在这里。后来才知道，老师在我出走后便去询问母亲我的下落。惊慌失措的母亲随即来到金阁寺，之后便一直住在这里。

便服警官推了推我。我向前走着，离母亲越来越近，而她的身影却越来越小。我低眼看向母亲，母亲抬起的脸既丑陋又扭曲。

我的感觉从未背叛过我。母亲的一双小眼睛深深陷入眼窝，露出狡黠的目光。这双眼睛使我能堂堂正正地厌恶母亲。说到底，一想到就是这个人将我带到这个世界，这种厌恶，这种奇耻大辱……反而能使我同母亲划清界限。然而，我在之前也说过了，我未曾想过要图谋报复她，但我和她又难以一刀两断。

……然而，当我眼见母亲身陷母性的悲叹时，突然感到自己终于重获自由。我不知道这感觉源于何处，但我知道母亲从此以后，再也无法威胁我了。

——她再也忍不住了，轻声哽咽起来。这哽咽声听起来如此刺耳。我还未来得及思考，她的手便伸向了我的脸颊，无力地扇了我一巴掌。

"你这个不孝子！忘恩负义的东西！"

便衣警官在一旁默不作声。扇过这一巴掌的指尖仿佛失去知觉般没有力气，指甲却像冰雹般刮过我的脸颊。打了这一巴掌，母亲的脸上依然带着哀怨。我背过脸去。过了一会儿，母亲的语调变了：

"你去那么……那么远的地方，哪里来的钱？"

"你说钱？我向朋友借的。"

"不是偷的吧？"

"不是。"

好像这是她唯一担心的事一样，母亲终于松了一口气。

"那就好。没干什么坏事吧？"

"没有。"

"那就好，那就好。我们赶紧去向方丈道歉。我也多次赔过不是了，你再诚心诚意地表明你的歉意，求得方丈的原谅。方丈心胸开阔，便不会计较这些了。你若再不迷途知返，我真的活不下去了。我说真的。如果你不想看我去死，你就得真心悔改，成为一个了不起的和尚……好了，我不多说了，赶快去道歉！"

我和便装警官一言不发地跟在母亲身后。母亲早已将警官忘在了脑后。

我望着这个系着腰带、迈着碎步、垂头丧气的背影，不禁思考是什么使母亲比以前更丑了。使母亲丑陋的是……希望。没有什么能比希望更使人焦躁不安了。它如同顽固不化的皮癣，盘踞在肮脏的皮肤上，潮湿微红，瘙痒难耐，且无药可救。

***

凛冬已至。我的决心愈发坚定，计划虽一拖再拖，我也没有为此而烦恼。

此后半年，使我烦恼的是另一件事。每至月末，柏木便上门讨债，告知我本金加利息的数额，还骂我欠债不还。可我哪顾得上还债，只好采取旷课的方式回避他。

不必纳闷为何我不细说这颗善变的心一来一往的动摇经过，因为现在我已不再动摇。这半年，我只一动不动地盯着一个目标。在这期间，我体会到了幸福。

首先，寺院的生活轻松多了。一想到金阁终遭烧毁，我便再没了难以忍受的事。像预感到自己时日无多的临终之人一样，我对寺里其他人愈发温柔和善，不论何事都能想着以和为贵。我甚至不再埋怨大自然，冬日清晨的小鸟在落霜红残留果实旁啄食的身影也使我感到不舍。

我甚至忘了对老师的憎恨！我不再受缚于母亲、同龄人以及其他所有事物。我获得了自由。然而我没有那么愚蠢，不会误以为这种舒适得益于世界的改变，因此，不费吹灰之力就能实现。只要知道了结局，不论什么都可获得原谅。我的自由得益于我能从结局的角度出发，并将终结这一切的决定权紧紧握在自己的手里。

虽说烧掉金阁这一念头突如其来，然而它却如同为我量身定做的新衣一般，于我再适合不过了，仿佛我生来便是为了完成这一使命。至少从父亲陪伴我来到金阁的那天起，这一想法便已在我心中萌芽，只等开花结果。在少年的我的眼里，金阁的美超乎寻常，这一点便足以说明我成为纵火者的诸多缘由。

昭和二十五年3月17日，我从大谷大学预科毕业。3月19日我将迎来21岁的生日。我的预科三年级的成绩惨不忍睹：79名学生中排名第79，各科成绩中最差的是国语，42分。617小时的课时中缺勤218小时，超过了三分之一。幸好我佛慈悲，所有人都能从学校毕业，我也成功升入本科，老师也未曾责难我。

我无心上学，便趁着晚春至初夏这段美好的光阴，四处参观免费的寺庙神社，只要双脚不觉劳累便一直闲逛。说到此，我突然想起了一件事：

那日我正走在妙心寺正面的寺前町路上，突然注意到前方有一个学生迈着和我同样的步伐。当他站在一家屋檐低矮的老烟草店前买香烟时，我看清了他头戴学生帽的侧脸。

这张脸白皙、冷峻，双眉紧蹙。从帽子可以看出他是京都大学的学生。他斜着瞥了我一眼，视线如同浓墨的暗影般袭来。直觉告诉我："他一定是个纵火者"。

时钟走到下午三点。这个时间并不适合纵火。香烟店头前有一个小花瓶，里面插着一朵枯萎的山茶花。蝴蝶不小心闯入铺装好的公交车道，又绕着山茶花翩翩飞舞，不肯离去。本是白色的山茶花，其枯萎的部分已染成了深褐色，宛若大火燃烧后的痕迹。等了好长时间公交车也不来，道路上的时间是静止的。

我不明白为何直觉告诉我这个学生正一步步迈向纵火，只是觉得他看起来像个纵火者。他选择铤而走险，在最不利于纵火的白昼里一

第八章 | 191

步步迈向自己树立的坚定目标。我从他略带庄严的校服背影中感受到，在终点等待他的是大火和毁灭，被他抛在身后的则是世界的秩序。或许这才是我过去幻想的年轻纵火者的背影。日光照在他背上的黑色的校服，映出灾难和危险的信号。

我放缓步伐，跟在他的背后，不由觉得他那左肩比右肩略低的背影，似乎也是我的背影。他的身姿虽比我迷人，却和我一样孤独，一样不幸，一样在对美的妄想下急于完成某种使命。不知从何时起，他的一举一动似乎预示着我今后的所作所为。

阳光明媚的晚春午后令人无精打采，便容易发生这样的事：我化身为双重的存在，我的分身提前模仿了我的行为。当我决意行动时，便能清楚地看到原本看不见的自己的身影。

公交车还未进站，路上寥无人烟。正法山妙心寺[1]巨大的南门出现在我眼前，其左右两扇门仿佛要吞噬世间万物般大开着。从我的方向望去，雄伟的门框吞噬了敕使门[2]、重重山门门柱、佛堂砖瓦、群松、被门框切割下的碧空以及飘浮其中的几朵白云。我一步步走向正门，寺内纵横交错的石板、小寺院的一面面土墙也随之被框入门框中。离

---

[1] 临济宗妙心寺派的大本山。正法山为山号。花园天皇退位后，1337年聘请关山慧玄作开山始祖在离宫旧址上创建。应仁之乱时遭焚毁，后得秀吉等的援护于江湖初期修复。临济宗最大的伽蓝。住持房间及小寺院中藏有众多精美的书画工艺品。
[2] 供敕使拜访时出入使用的门。京都建仁寺、大德寺、妙心寺、南禅寺、相国寺、本愿寺都设有该门。

正门愈近,门框愈是包罗万象。穿过门后,我才明白这神秘的大门吸收了门内的整片苍穹以及苍穹内的每朵白云。大伽蓝真可谓海纳百川般包容天地。

学生穿过大门,绕过敕使门外围,站在山门前的莲池池畔。随后,他走上横跨莲池的唐风石桥,仰望高耸入云的山门。眼见此景,我想:"他要烧的就是那座山门吧。"

这座壮丽的山门的确适合被火包围。明媚的午后使人们难以察觉火势,因此浓烈的烟尘中,透明的火焰将肆意向上舔舐天空。唯有在看到苍穹扭曲摇晃时,人们才会注意到火焰。

学生已一步步逼近山门。为了不被发觉,我刻意绕到山门东侧观察他的一举一动。到了化缘僧人归寺的时间,东边小路上,三个僧人排成一列,穿着草鞋走过石板路向我们走来。他们手里都拿着一顶竹箬斗篷,其视线只停留在前方三四尺左右,一言不发地在我眼前走过,然后往右转去,直至回到寺内。

学生仍在山门旁徘徊。过了许久,他倚在门柱上,从口袋中拿出一支方才买的香烟,随即不安地望向四周。我想这会儿他必是打算假装点烟以便顺势引燃大火。他终于叼起了香烟,将脸凑近擦燃的火柴。

火柴瞬间闪出微弱又透明的火光。大概因为午后的太阳从三个方向包围山门,只在我所处的东侧留下暗影的原因,我看不见他眼里的火光。他倚在莲池池畔的门柱旁,火光和脸只差毫厘。突然,类似火苗般的泡沫浮现在我眼中,下一秒又在他猛然挥动的手上熄灭了。

即使火柴的火苗已经熄灭，他好像仍不放心似的，将火柴扔在石头上，又用鞋底使劲儿地踩了踩，之后才放心地抽起了烟，丝毫未曾注意到一旁失望透顶的我。接着，他走过石桥，从敕使门旁走过，迈着悠闲的步伐，走出了依稀可望见一排排房屋在大道上拉长了影子的南门……

他不是纵火者，只是一个散步闲逛的学生，想来也不过是一个闲来无事的穷青年罢了。

原来他的举动并非为了纵火，只为抽烟。不过因为抽一支烟，竟如此担惊受怕、四下张望，只有学生才会在不守规矩时这般小心翼翼，因此也只能带来微不足道的喜悦。他踩灭已经熄灭的火柴时那谨慎小心的态度，姑且称之为"文化素养"吧，使我对其嗤之以鼻。正是这分文不值的素养，才管住了那小小的火苗不会成为威胁。恐怕他还在为自己是火苗管理者，或是对社会尽忠职守的火情管理者而沾沾自喜吧！

京城内外的古老寺院在明治维新后很少有过失火之灾，就是全拜这种素养所赐。即便偶有失火事件，火也燃不旺，连不成片，败在了人类的管理之下。而在此之前并非如此。永享三年，知恩院[①]燃起熊熊

[①] 净土宗大本山。准确称呼为华顶山智恩教院大古寺。始于法然，他从比睿山下山后在此结庵，倡导专修念佛。法然圆寂后，其弟子源智建立堂宇。德川家康为圣母死后的冥福而在此修建了雄伟的伽蓝。

大火,其后也多次遭遇火灾。明德四年,南禅寺总寺的佛堂、法堂、金刚殿、大云庵都曾毁于大火。元龟二年,延历寺^①在大火中化为灰烬。天文二十一年,战火殃及建仁寺^②。建长元年,三十三间堂^③葬于火海。天正十年,本能寺^④遭战火吞噬……

  过去火与火可谓亲密无间。那时的火还未像现在这样被人类一一分类,遭人类轻视。一场大火总能引起另一场大火,纠缠在一起蔓延开来,化作一片火海。如同人和人能拉起手、能互相呼喊一样,不管大火位于何处,总能唤起另一场大火,将火灾传递下去。我看书本上有关寺庙火灾的记载,总是由于失火、隔壁火灾或战火殃及造成的,却从没有过纵火的记载。若像我这样的人身处古代,想必只需屏住呼吸、藏身暗处静候火灾即可。所有的寺庙终会葬身火海。火取之不尽,肆

---

① 位于滋贺县大津市本本町的天台宗大本山,山号比睿山。788年,由最澄创建,称为一乘止观院。823年,赐延历寺的寺号。1571年,遭织田信长火攻,全寺烧毁,江湖初期重建。与奈良的南都兴福寺相对而称为北岭,与寺门、寺(园城寺)相对而称山门、山。

② 位于京都市东山区的临济宗建仁寺派的大本山,山号东山。1202年,以荣西为开山祖师创建。曾是天台、真言兼修的道场,在兰溪道隆时代成为纯粹的禅宗寺庙。

③ 内堂有33个以梁柱隔开的空间,因而得名。内堂长约170米,位于京都市东山区七条大和大路的天台宗寺院,莲花王院本堂的通称。1164年因后白河法皇发愿而由平清盛修建进献。室内有湛庆等人制作的千手观音、风神、雷神像以及二十八部众等1001尊雕塑。

④ 位于京都市中京区寺通御池的法华寺本门派的大本山,山号卵木山。1582年,因"本能寺事变"被烧毁,再建过程中,被丰臣秀吉移至现址,寺院内有信长供奉塔。

无忌惮。只需静候，火便会瞄准时机，拉帮结伙，蜂拥而至，完成使命。金阁不过是在偶然的巧合，才逃过一劫。火自然而起，灭亡和否定是世间的常态，建好的伽蓝必会遭烧毁。佛教原理和自然法则严丝合缝地支配着这片大地上的一切规则。即便纵火，也不过是顺其自然地诉诸火之力量，因此也不会有历史学家视之为纵火。

过去，这片土地民不聊生。到昭和二十五年，这片土地也未曾获得片刻安宁。若过去的寺庙毁于动荡和不安，那如今的金阁凭何免遭火灾？

＊＊＊

虽然我总旷课，图书馆却照常去。如此一来，五月的一天就撞上了我一直回避的柏木。他见我有意避开，反而兴致勃勃地追上前来。若我跑起来理应不会被跛足的他追上，但这样一想我却反而停住了脚步。

柏木气喘吁吁地抓住我的肩膀。那会儿应该是放学后的五点半左右。为了避开柏木，我从图书馆出来后特意绕到学校背后，走上了临时搭建的教室和高墙夹着的小道。野菊花在这条废弃的小道上茂密地生长，其上落着一些碎纸屑和空瓶子。一些小孩儿溜来此处玩扔接球，他们的尖叫声穿过破碎的玻璃窗，飘进空空的教室，落到沾满灰尘的一排排课桌上，使这无人的教室更显冷清。

当穿过这条小道，出了主楼西侧，来到挂着"花道部练习室"木牌的小屋前时，我停下了脚步。一排高过木屋顶的楠树伫立在土墙边上，在夕阳的光辉下将片片叶影落在主楼的红砖瓦墙上，更显沐浴落日的红砖明亮而动人。

柏木靠在墙上，喘着粗气，微微摇曳的楠树叶影便映在他的脸上，为那张总显憔悴的脸增添了几分色彩与跃动。又或许是红砖瓦的反射显得他的脸有了几分光彩。

"5100日元啊！"柏木说道，"到五月末就是5100日元了。越往后你可越难还了。"

他依旧像往常一样，从口袋里拿出折好的借条，在我眼前摊开。或许是怕我一把抢过，撕毁证据，又赶紧折好放回了口袋。我只能在一瞥中看到一个浓艳鲜明的朱红色指印，显得凄惨不已。

"赶紧还钱，这样对你也好。你挪用你的学费不就好了吗？"

我一言不发，心想，这个世界都快灭亡了，难道我还有义务归还借款？我险些不受诱惑地脱口而出。

"你不说话是什么意思啊？难不成还耻于自己的结巴吗？都什么时候了！就连这个都知道你是个结巴了。我说这个。"柏木举起拳头，拍了拍落日余晖映照的红砖瓦墙，赭色的墙粉落在他的拳头上。"就连这堵墙都知道你是个结巴。学校里没有一个人不知道。"

即便柏木恶言相向，我仍只是沉默不语地与他对峙。这时球从孩子们的手中滑落，一路滚到了我和柏木之间。柏木弯下身来正准备捡球时,我突然心生恶意,想看这双跛足如何跃动才能捡到离自己一尺远的球。或许因为我毫无意识地望向了他的双腿,柏木瞬间察觉到了我的恶意,立马直起身来盯着我,目光中只剩憎恶,丝毫没有了平日里的冷静。

一个小孩儿战战兢兢地走上前来,捡起球迅速逃离。沉默良久,柏木开口说道:

"好。既然你是这个态度,我也有自己的打算。下个月回家前,不管发生什么,我一定会拿回属于我的东西。你做好心理准备了吧!"

***

进入六月,重要的课越来越少,学生们都开始为回家做准备。我永远忘不了 6 月 10 日那天发生的事。

那天,从清晨起雨便一直下,到晚上已是瓢泼大雨。吃过药石后,我回到房间看书。到晚上 8 点左右,一阵脚步声从客殿传来,又走过走廊前往大书院的方向。我思忖着原来是今夜有访客老师才不外出。可这脚步声着实不同寻常,仿佛大雨拍打门板时发出的无规则声响。在客人前方带路的弟子踏出安静且规则的脚步声,而来客的脚步声却在陈旧的走廊地板上发出怪异且笨重的声响。

雨声笼罩着金阁寺阴暗的挑檐。夜雨向黑暗发号施令,占领了古寺里无数散发着腐臭味的房间,让人分不清厨房、管理员房间、殿司房间、客殿,只听得一片雨声。想到凌驾于金阁之上的雨,我不由将拉门拉开一条缝,只见中庭堆满石子,雨水浇灌在石子上,又在石子间浇出一条小溪,从一个洗刷出黑色光泽的石子流向另一个石子。

新弟子从老师的房间折回时,把脑袋探入房间告诉我:

"今晚去老师房间的客人是个叫柏木的学生,是你的朋友吧?"

听罢,我的心头尽是不安。眼见这位白天在小学担任任课教师、脸上总挂着一副眼镜的新弟子准备离去,我忙将他请进房间。因为我难以忍受一个人在房间里凭空想象大书院里发生的对话。

过了五六分钟,大书院里传来老师的摇铃声。这铃声撞入我的耳膜,穿过雨声,传遍禅寺,又戛然而止。我和新弟子四目相对。

"老师在叫你呢。"新弟子说道。

我好不容易才站起身来。

印有我指纹的借款证明摊在老师桌上,见我跪在走廊上,老师拿起纸的一角扔到我眼前,却没有允许我进入房间。

"这的确是你的指印没错吧?"

"是的。"我答道。

"你可真让我难做。你记住,若今后再有类似的事情发生,这里便再容不下你了。你干过的其他好事……"大概是顾及柏木在,老师欲言又止,接着说道,"钱,我已经还给他了。你可以下去了。"

仅凭这一句话我便能理直气壮地望向柏木。他坐在房间里,神情微妙，刻意避开了我的眼神。连他自己也未曾意识到，当他行恶时总是一脸纯洁的样子，仿佛人性本善。意识到这一点的或许也只有我。

回到房间后，我感到自己在来势汹汹的雨声中，在孤独中获得了解脱。新弟子已经离去了。

"这里再容不下你了。"老师的这句话在我耳边回响。这是我头一次听老师这么说，也是老师的承诺。事态突然明了起来，老师已有了将我逐出寺门的念头。我必须加紧行动。

若柏木今晚不来，我便没有机会从老师口中得知他的想法，我的行动也可能进一步延缓。一想到是柏木给了我行动的力量，我不由对他心怀难以言喻的感激之情。

雨势并未减弱。我在六月里感到丝丝凉意。我的房间是一间五个榻榻米大小的仓库，四周都是板窗。在微弱的电灯下，我的房间更显荒凉。可这是我唯一的栖身之地。或许过不久这里也容不下我了。昏暗的房间里既无多余的装饰，榻榻米垫也早已破败发黑，露出歪歪扭扭的线。每次在房间里摸黑开灯时，这牢固的线便会扯住我的脚趾。但我却毫不在意，因为我对生活的热情与榻榻米丝毫不相干。

夏天来临之际，五张榻榻米大小的逼仄空间内便开始充斥我散发出的酸臭味。想来也是可笑，我虽为僧侣，却还带有青年的体臭。房间四角立有四根古梁，散发出陈腐的臭味和黑色的光泽。我的体臭钻入古梁，渗入破旧的门板，混合着岁月赐予木纹的腐臭味，使整个房间弥漫着年轻生物的恶臭。这些柱子、门板，几乎都已化作腥臭的生物，只是不会动罢了。

这时,方才那怪异的脚步声从走廊传来。我站起身来到走廊上。老师房间大书院的光射在庭院中的陆舟松上,映出高悬的、被大雨冲刷后散发墨色光泽的船头。柏木背对着陆舟松,仿佛机械装置蓦地停止转动般,止步不前。我脸上浮出一丝笑容。于是,柏木脸上第一次浮现出接近恐惧的表情。我对此感到心满意足,接着说道:

"你不来我房间坐坐吗?"

"你搞什么啊!别吓唬人啊。真是莫名其妙。"

——柏木像往常坐下那般慢慢蹲坐在我为他备好的坐垫上。他抬了抬头环顾房间四周。窗外的雨声仿佛将房间与外界隔绝开来。雨滴落在走廊上,又不时溅在推拉门上。

"你可别怨我。我这么做,还不是你自作自受。好了,别提这件事了。"柏木一边说着,一边从口袋里拿出印有鹿苑寺标记的信封,点了点金额,里面有三张今年正月刚发行的新千元钞票。

"寺里的钞票很整洁吧!老师有洁癖,副寺每隔三天就会去银行将零钱换整。"。

"你看看,才三张。你们寺里的和尚可真抠门,说什么同学间的借贷不算利息。自己却赚了不少钱。"

柏木失望透顶,我却愉快不已。我自顾自地笑了起来,柏木也跟着我笑了。然而我们和解不一会儿,柏木便收起了笑容,盯着我的额头,冷冰冰地说道:

"我心里是明白的。这段时间，你在盘算着什么毁灭性的事情。"

他的视线太过沉重，逼得我不敢回应。但一想到他对毁灭性的理解和我的志向相差甚远，我便恢复了冷静，回答也流利起来。

"没有……什么也没有。"

"是吗？你这个人可真奇怪。你是我见过最奇怪的人了。"

我知道他这句话是冲着我挂在嘴边的亲切微笑。我笑得更愉快了，因为他永远无法察觉我心头对他的感谢之情。考虑到世人所称的友情，我问道：

"你要回老家了吗？"

"是的。打算明天动身。整个夏天都要待在三宫，也没什么意思……"

"那近期都无法在学校碰到你了。"

"说什么呢。你压根儿就没来学校。"柏木说罢，匆忙解开校服纽扣，翻着暗兜。"……我回老家前，想让你开心一点儿，就把这个带来了。你不是很看重那家伙吗？"

他在我桌上扔了四五封信。当看到寄信人的名字，我错愕得一句话也说不出。柏木却若无其事地说道：

"你读读看。这是鹤川的遗物。"

"你和鹤川很要好吗？"

"一般吧！按我来说是挺要好的。但那家伙生前不愿被人看作我的朋友，这也无妨。毕竟有些事他只告诉了我。他走了也有三年了，我想也可以给别人看了。你和他特别要好,我一直想着要给你看看。"

每封信的日期都是鹤川去世前不久的日子。昭和二十二年五月,鹤川几乎每天都从东京给柏木寄来信件,而他一封都未曾寄给我。我看到这些信,才明白他回到东京后的第二天起,便每天写信给柏木。方方正正、充满稚气的字无疑是鹤川的亲笔。我感到一丝嫉妒。在我看来,鹤川纯洁无瑕,毫无伪装,还在我面前说柏木的不好,责备我与柏木交好,自己却在背地里和柏木有着密切的交往。

我按照信上日期的顺序,一封封读起了薄信纸上的小字。鹤川的确极不擅长写文章,文字中处处透露出断断续续的思考,很难使人产生读下去的兴趣。然而,从前后文来看,文字间又透露出难以言喻的痛苦。读到第二天的信时,鹤川的痛苦便跃然纸上。我一封封读下去,不由潸然泪下,同时又惊讶于鹤川竟苦恼于这点平庸之事。

不过是随处可见的恋爱烦恼罢了。不过是一场无法获得父母支持、不为世间所知的不幸恋爱罢了。或许是写下这些文字的鹤川在不知不觉中,过于夸大自己的感情,竟写下这样一句令我愕然的话:

"现在回想起来,这场不幸的恋爱或许是我不幸的内心所造成的。自出生那刻起,我的心便是阴郁的。我的心似乎从未感受过那份开朗和明亮。"

最后一封信,是以激流涌动般的语气结尾的。读至末尾,我才如梦初醒,脑海里浮现出过去从未有过的疑虑。

"难不成……"

我刚开口,柏木便应声点了点头。

"没错。是自杀。我认为只有这种可能性。家里人为了体面,才扯出什么撞上卡车的幌子。"

我怒不可遏,结结巴巴地追问柏木:

"你……你……你回了他的信吧?"

"回了。但据说是在他死后才送到的。"

"写了什么?"

"活下去。我只叫他活下去。"

我沉默了。

我曾坚信我的感觉不会背叛我,然而这不过是徒劳无功罢了。柏木接着又给了我致命一击。

"怎么了?是不是读后人生观都变了?是不是计划都要作废了?"

时隔三年,柏木把这封信给我看的用意不言而喻。我虽受了不少的打击,但记忆中那身着白色衬衣、躺在绿草地上的少年,日光透过树丛落在他白衬衣上的小小光斑,都不曾远去。鹤川的死在三年后面目全非。我曾以为他身上的东西随他一起逝去了,而这一瞬间,这些东西却以别的姿态在我的现实世界里苏醒。相比记忆的意义,我这一刻更坚信记忆的实质,若不如此,生本身亦将崩塌……柏木俯视着我,方才他的手上暗藏杀机。

"如何,听到心碎的声音了?我不忍心朋友抱着一颗脆弱的心苟活于世。我对朋友的好就在于能帮朋友扼杀这种脆弱。"

"若没达成目的,你打算怎么办?"

"别像个小孩子一样不服输。"柏木嘲笑道,"我早想告诉你了。改变这个世界的是观念。你听好了。除了观念没有什么能改变这个世界。只有观念,能在世界原有的状态、不变的状态下改变这个世界。若从观念的角度来看,世界永远不会变,但又每时每刻都在变。或许你会问这有何意义。为了忍受生,人们才拿起了观念这个武器。这对动物而言没有意义,因为动物没有忍耐生的意识。通过观念,'生之痛苦'原封不动地成为人类的武器。即便如此,人类也无法减轻生的痛苦。仅此而已。"

"这一生,除了忍耐没有别的办法了吗?"

"没有。除了忍耐就只剩发疯或死去。"

"改变世界的绝非观念。"我冒着坦白的危险脱口而出回击道,"改变世界的是行为,只有行为。"

最后,冷笑仿佛贴在柏木的脸上一般,他接过话说道:

"瞧,你果然说是行为。可你所喜欢的美,难道不是在观念的守护下自顾自地贪睡的家伙吗?就是我讲过的《南泉斩猫》中那只无比动人的猫。两堂之僧之所以争执不下,正是因为两堂想按各自的观念来保护猫、养育猫并让猫进入甜美梦乡。南泉和尚就是你口中的行动派,才干净利落地斩下猫首,丢弃猫身,之后归来的赵州就将足履顶在了自己的头上。他的言下之意是,美应是在观念的保护下永不醒来的东西。然而没有所谓不同的人的观念、各自的观念这种东西。观念是人类的大海，人类的原野，也是人类普遍存在的形态。他的言下之意就在此。你现如今是打算成为南泉吗？……美这种东西，你所沉迷的美，是人类精神中依托于观念存在的残余幻影，是你所说的'除忍耐外的其他方法'的幻影。可以说这种幻影本不存在，然而观念使这幻影愈发强大，并不断为这幻影赋予现实意义。美无法给人带来慰藉。美可以是女人，是妻子，但绝非慰藉。绝非慰藉这一点里所蕴含的美，同观念结合后便会诞生出某种东西。这种东西虚无缥缈，无常且如泡沫般易碎，让人深感无奈，但一定会诞生。人们将此称为艺术。"

"美……"我的话还没说完，便结巴不止。我的思绪毫无边际，但脑海中闪过一丝疑虑：我的口吃或许源于我的美的观念？"美……美是我的怨敌。"

"你说美是怨敌？"柏木惊讶地瞪大了双眼，面红耳赤的脸上恢复了平日里带着哲学意味的舒畅神情。"从你口中听闻此言，可真让我措手不及。我也必须重新调整我观念的焦点了。"

……之后，我们又进行了长时间的亲密探讨。窗外的雨淅淅沥沥下个不停。临走前，柏木聊起了我未曾见过的三宫、神户港以及夏日出港的巨轮。过去沉睡在我脑海里的对舞鹤的记忆苏醒了。我们两个穷学生终于在空想中首次达成一致，无论怎样的观念或行为都难以改变扬帆远航的喜悦。

第 九 章

在理应垂训时，老师非但不加垂训，反施恩惠，这绝非偶然。柏木前来催款后又过了五天，老师将我叫去，亲手将第一学期三千四百日元学费、三百五十日元交通费、五百五十日元教材文具费一并交由我。按学校规定，必须在暑假结束前付清学费。但既然发生了柏木那件事，我也没再指望老师将这笔钱交给我。即便老师有心给我钱，既已知信不过我，便应直接将这笔钱汇给学校。

然而我比老师本人更清楚，直接将钱交给我，不过是为了伪装对我的信赖。老师沉默不语却施惠于我，这种恩惠于我而言，仿佛他那柔软粉嫩的肉体一样，包裹着虚伪，以信赖处罚背叛，以背叛应付信赖，永不腐烂、悄然繁殖的粉色肉体……

如同警官在由良旅馆敲开我的房门时，我担心自己的计划暴露了一样，这会儿我害怕老师之所以给我钱，是因为他已看穿我的计划，进而以此方式来加以破坏。我终日提心吊胆，几乎陷入妄想的状态。我谨慎地保管着这笔钱，无时无刻不惴惴不安，反而没了采取行动的勇气。因此，我要尽快想办法把这笔钱花出去。穷人才想不出什么好的花钱方式，但我必须想出一个好的散财方式，能使老师知道我将钱花在这种地方后大发雷霆，即刻将我逐出寺门。

那日，轮到我负责司厨。吃过药石后，我在庙厨里洗涮钵盘，无意间瞄向了空无一人的食堂。食堂和庙厨由一根被煤熏得发黑的柱子分隔开来。柱上有一块泛黑的看板。

阿多古 祀符[①]

小心火烛

……眼见此符，被囚困在这防火符下的苍白火苗浮现在我的脑海里。它曾是如此耀眼夺目，现在却被封印在这张古符中，逐渐衰弱，发出一丝微弱的白光。若说从这时起我便能从火的幻影中感受到肉欲，人们会相信吗？若我的生之意志全与火相关，肉欲也因此关乎大火，这不是自然而然的吗？我的欲望打造出纤细娇弱的火焰，它穿透发出黑色光泽的柱子，映入我的眼帘。它知道我的存在，便刻意温顺地梳妆打扮。它的手、四肢以及胸脯都是如此娇柔易碎。

6月18日晚上，我揣着钱，溜出寺院，去了新北地，人们一般称那里为五番町。我听说那里价格便宜，对小和尚也十分亲切。我从鹿

---

① 爱宕神社作为防火之神得到广泛信仰，此字符为爱宕神社的防火符。

苑寺走过去大约需要三四十分钟。

那晚空气潮湿,一层薄云飘浮在夜空中,朦朦胧胧透出些许月色。我上披工作服,下穿卡其色裤子,脚踩着一双木屐。或许几个小时后,我会穿着同一身衣服回到鹿苑寺。然而我有预感,这几个小时内,我的内部将发生翻天覆地的变化,我将成为另一个人。我是如何让自己接受了这一切的呢?

为了活下去,我必须烧毁金阁寺,但我的所作所为却像临死前的善后工作。这就好像决意自杀的处男,临死前去寻花问柳般,我也将完成这一仪式。放心好了,这种男人的行为就像在一张公文书上签名一样,即便体验了巫山云雨,这种男人也绝不会成为"另一个人"。

我的人生中不断遭遇金阁带给我的挫折,它总横在我和女人之间。这一次我不再畏惧。我没有任何幻想,不期待借助女人参与到人生的体验中。我的生确乎存在于彼岸,过去我的行为不过是在履行惨淡的手续罢了。

……我不断地这样告诫自己。突然,柏木的话回荡在了我的耳畔。

"那些女人并非出于爱才接客。无论你是老人、乞丐、瞎子,还是美男子,甚至只要自己不知道,她们连传染病患者都接。普通人会喜欢这种无差别对待,即便是第一次也能放心去买春。但我却不喜欢这种无差别对待,那我去寻花问柳时,不就成为和四肢健全的男人一样的人了?那岂不是亵渎了自己?"

当下想起这句话,实则使我心生不快。抛开口吃不说,四肢健全的我和柏木不同,我只需相信自己的丑陋实在普通平庸,没有什么特别。

"……话虽如此,女人会不会凭直觉从我丑陋的额头中看出天才犯人的标志?"

我想来想去,又一次陷入无谓的不安中。

我的双脚犹豫不前。思来想去,我却愈发不明白什么是目的,什么是行为。是为了烧毁金阁而丢弃第一次,还是为了丢弃第一次而烧毁金阁?此时,我的脑海中浮现出"天步艰难"① 这一高雅之词。"天步艰难,天步艰难,……"我重复着这个词,继续向前走去。

走着走着,我来到了繁华街市的尽头,灯火通明的游戏厅和小酒馆映亮了这条街。一排房屋整齐排列在道路一侧。在荧光灯和闪着白光的红灯笼的照射下,我看见了隐藏在黑暗角落处的一间房屋。

从迈出寺院大门,直至到达街角,我一直深陷幻想中,感觉有为子依然在世,只是躲藏了起来。这种幻想使我浑身充满力量。

自打下定决心烧毁金阁后,我重新找回了纯洁无暇的状态,仿佛刚进入少年时那样。或许正因如此,所以我想与人生起点遇见的人和物,再相遇一次也无妨。

今后我便能活下去了。然而不可思议的是,一种不祥的念头日益膨胀,使我感到仿佛明天我便要死去。我祈祷在烧毁金阁前,死神先

---

① 出自《诗经》,天步指机遇,天运尚未至,国运艰难。

放我一马。我没有患病,也没有患病的征兆,然而压在我肩上的负担日益沉重,死神放我一条生路所开出的种种条件需要由我来权衡,这份只能由我承担的责任压得我愈发喘不过气来。

昨日打扫寺庙时,扫帚扎伤了我的食指。这原本不值一提,却在我心中埋下了不安的种子。我想到某个诗人曾因被玫瑰伤了手指而死去①。尘世间的凡夫俗子自然不会因为这种小事丧命。可我不同,已是举足轻重的我不知将会遭遇何种命运。幸好手指的伤口并未化脓,今天按压伤口也只是微微作痛。

如此讲究的我,自不会因为来了五番町便不注意卫生。前一天,为了不被认出,我特意跑到远处一家药店买来橡胶制品。那种膜呈现粉状,颜色给人以不健康且不堪一击的感觉。昨晚我在房间里试了一个。房间里似由有蜡笔戏谑画出的暗红色佛像画、京都观光协会的日历、刚好讲解至《佛顶尊胜陀罗尼②》的禅林经文作业③、沾满土的鞋子、起刺的榻榻米……只有我的那个东西,宛如佛像般高高立起,颜色灰暗且光滑,处处透露着不祥的征兆。它那不痛快的身姿,使我想起了现在只剩口口相传的残暴行为——罗切④。

---

① 这里指奥地利诗人里尔克(1875—1926),晚年在其隐居地被玫瑰扎伤了手而引发急性败血症,两个月后去世。代表作有《马尔特手记》《杜伊诺哀歌》。
② 《佛顶尊胜陀罗尼咒》。佛顶尊为胎藏界第三元的释尊,能净一切恶道,能净除一切生死苦恼。陀罗尼为诵其功德之经文。共八十七句,用于密教和禅宗。
③ 禅林即禅院、禅寺。汇聚各方修行者的道场称林。
④ 斩摩罗(男根)。日本古代的一种阉割,是为切断淫欲的修行。

……我走进了挂满红灯笼的小巷子。

上百间房都是同一个样式。据说若在这里有个老大当靠山，连逃犯都能轻而易举地藏身于此。老大一按铃，铃声便会传至各家青楼，通知逃犯有危险入侵。

家家户户都是两层建筑，正门旁都有一个格构窗①，厚重古老的砖瓦屋顶高度统一，密密麻麻地并排在潮湿的月色下。每个入口处都挂有蓝色布帘，上面印着"西阵"两个白字。老鸨穿着厨袍，歪着身子躲在帘子后偷偷观察着外面的情况。

我没有丝毫快乐的感觉。我被某种秩序所抛弃，孤身一人站在队列外，拖着疲惫不堪的双脚，走到这片荒凉的领地上。欲望在我体内抱着双膝蹲坐在地，只留给我一个低落的背影。

"总之我的义务是在这里花钱。"我不停地暗示自己，"只要把学费花光就行了。这样老师就有了把我赶出寺院的理由。"

我没看出这种想法里存在的奇怪矛盾：若我真想这么做，那我得首先承认我对老师的爱。

或许是因为这个点大家都还没出门，街上竟没什么人。我的木屐在地上发出清脆的回响声。老鸨们拉客的招呼用语单调无奇，一点点滑入梅雨季潮湿的空气里。我的脚趾夹紧了松掉的木屐带，心想：战

---

① 日式建筑的一种窗户，在窗框内侧装有窗棂。

争结束后，我在不动山山顶眺望的满街灯火中，的确有这条街的灯火在闪烁。

我前往的地方，是有为子的所在。走到十字路口拐角处时，一家名叫"大泷"的店映入我的眼帘。我掀起店头的暖帘，走了进去。里面是一间六张榻榻米大小的房间，地上铺满了面砖。三个女人坐在房间靠里的位置，每个人的脸上都挂着火车久等不至时的烦闷表情。其中一人身穿和服，脖上缠了一圈绷带。还有一人没有穿和服，正拉下了袜子，低头不停用手挠着腿肚子。有为子今晚出门了。看到有为子不在，我便放下心来。

挠着腿肚子的女人像一只被叫到名字的狗一样抬起了头。一张微肿的圆脸上抹上了浓重的白粉和胭脂，活脱脱像一幅儿童画。这样说或许有些奇怪，但她抬起头望着我的眼神中却充满了善意。女人望着我，仿佛在街角不小心与从未谋面的陌生人四目相对一样。她的那双眼里没有一丝欲望。

既然有为子今晚外出，那选谁也无所谓了。我还担心若有选择权或心怀期待，便会遭遇失败。正如女人没有权利选择客人那样，我也不必选择女人。我必须排除任何失败的可能性，不让那可怕且使人深感无能为力的美的观念趁机而入。

老鸨走向了我。

"您相中了哪个？"

我抬手指向了挠着腿肚的女人。花蚊子在房间面砖上方盘旋徘徊，在她腿上叮出痕迹，使她感到阵阵瘙痒。正是花蚊子留在她腿上的痕迹，将我和她联系在一起……多亏腿肚上的瘙痒，使她有幸成为我的证人。

女人站起身来，走到我身旁，噘起嘴角笑了笑，轻轻碰了碰我藏在工作服下的手臂。

楼梯破旧昏暗。我走在楼梯上，一心只想着有为子。为何在这段时间里，她离开了个世界？若她不在此处，那去其他地方也无法找寻到她的身影。她在我们这个世界以外的某个地方，或许是去澡堂入浴了也有可能。

我总感觉有为子生前便能自由出入双重世界。在那起悲剧发生时，我原以为她将拒绝这个世界，可接着她又接受了它。或许死亡对于有为子而言根本不值一提。她像一只蝴蝶，待到第二天清晨窗户一开，便飞出了这个世界。她留在金刚院穿廊上的血，或许不过像是振翅后的蝴蝶落在窗边的鳞粉罢了。

二楼中央有个中庭，庭中有个穿堂，四周围上了有些陈旧的镂空雕花栏杆。晾衣杆从一家的屋檐挂到另一家的屋檐，上面挂着红腰布、内裤和睡衣。光线昏暗微弱，睡衣恍若人影。

某个房间传来了女人的歌声。歌声平稳流畅，不时夹杂着一两声走调的男声。歌声结束后，只剩下沉默。短暂的沉默后，女人又笑了起来，仿佛紧绷的线断掉似的。

"——还是个小孩儿呢！"陪我的女人对老鸨说道，"她总是那样。"

老鸨将四四方方的身子转了过去，背对着传来笑声的方向。她接着带我来到一间扫人兴致的小房间，只有三张榻榻米大小，洗漱间代替了壁龛，招财猫和布袋随意摆放着。墙上贴着相关规定，还挂有一幅日历。顶上吊着一盏大约只有三四十支光的昏暗电灯。街道上嫖客的脚步声从敞开的窗户处不断传入房间。

老鸨问我是短歇还是留宿。短歇为400日元。我答过后点了些酒和下酒菜。

老鸨下楼去取酒了，女人却还未靠近我身边。好不容易老鸨端了酒上来催促她，她才来到我身边。当她靠近我时，我看到她鼻下搓得有些红了。看来不光是腿，或许她在无事可做时，有四处挠痒搓揉的习惯。她鼻下这片红，也说不准是沾上了口红。

千万别惊讶于我第一次逛青楼还有精力细心观察。只要是我目之所及，我便会努力搜寻使我快乐的依据。我像眺望铜版画[①]似的仔细地观察着。再说，这些和我保持着一定距离的依据就一五一十地摆在那里。

"我之前见过您。"

女人说道，她叫麻里子。

"没有啊。"

[①] 将图案雕刻在铜版上印刷的绘画。以雕刻刀进行手工雕刻的为雕刻铜板。在铜板表面涂以蜡为主的防腐剂，在其上雕刻书画，注入硝酸后侵蚀而成的为腐蚀铜板，或称蚀刻板。中世纪发明于欧洲。

"您真的第一次来这里?"

"第一次啊。"

"我想也是。手还发抖呢。"

她这么一说,我才注意到自己握着猪口杯①的手在颤抖。

"若果真如此,麻里子今晚可真走运。"老鸨说道。

"是真是假,一会儿便见分晓。"

麻里子敷衍地答道。她的回答里没有挑逗的意思。麻里子的心里不掺杂任何有关我和她的肉体的杂质,只像个和朋友走散的孩子似的,一个人玩耍着。她的内衣是浅绿色的,短裙是黄色的,唯独双手大拇指涂上了红色的指甲油。我想这红色的指甲油大概是麻里子想着好玩才从朋友那里借来用的吧。

我和麻里子走入八张榻榻米大的房间。她一只脚踩在被子上,伸手去拉从电灯上垂下的长线。四周亮了起来,被子上鲜艳的友禅染纹映入我的眼帘。环顾四周,这间房间里有了华丽的壁龛,壁龛上还放了一个法国人偶。

我笨手笨脚地脱下衣服。麻里子将桃粉色的粗制浴衣披在肩上,随即熟练地脱下了里面的衣服。我大口大口地吞着放在枕边的水。麻里子听到我咕嘟咕嘟的声音,说道:

---

① 口阔身窄的小陶器。原指日式宴席中盛东西用的小器皿,后逐渐指小型杯。江户时代以后,这种杯同烫酒壶一起广为普及。

"你可真贪喝。"

她背过身去笑了,随即钻进被窝,与我四目相对,用手指轻轻戳着我的鼻子,说道:

"真的是第一次来玩吗?"

她又笑了。借助床头灯发出的微弱光线,我又开始观察,因为观察是我活着的证据。话虽如此,生平第一次有一双眼睛离我如此近。于是,我看世界的远近法失效了,这个人毫不畏惧地入侵我的存在。她的体温以及身上散发出的廉价香水的味道,像积水般不断上涨,漫过危险水位,将我淹没。我生平第一次眼见他人的世界以这样的方式融入我。

她将我当作普罗大众中的一个男人来对待。我从未料想过有人这样对待我。她脱下了我的结巴、丑陋与贫穷。脱下衣服后,我又脱下了无数件看不见的遮挡物。我品尝到了快感,却不敢相信尝到快感的的的确确就是我。在遥远的彼岸,疏远我的感觉涌现了,又崩塌了……我抽出我的身子,将额头靠在枕头上,用拳头轻轻拍着冰冷麻痹的大脑。随后,一种感觉袭至全身,仿佛所有东西都弃我而去。我却并不想哭泣。

事后的枕边语中,女人讲述了她从名古屋辗转而来的身世。我模模糊糊地听着,脑子里一直在思考金阁的事。每每思考起金阁,我的思绪便变得抽象,不像平日里思考般沉重且具有肉感。

"记得再来玩呀。"女人这一句话,令我感觉她比我大一两岁。事实上也差不太多。我眼前的乳房渗出了汗水。这对乳房只是肉体而已,绝不会化身为金阁。我小心翼翼地用手指戳了戳。

"这个东西,有那么稀奇吗?"

麻里子说道,挺起身来,像逗小动物似的,盯着乳房,又轻轻摇了摇。乳房轻轻晃动,使我想起舞鹤湾的落日。我将转瞬即逝的落日和难以延续的肉体联系在一起,想象着眼前的肉体即是落日,被重重乌云包围,沉入了夜色的坟墓中。我终于松了一口气。

***

第二天,我又到访了同一家店的同一个女人。不仅因为钱还没花完,还因为最初的行为远不及想象中的快活,我便想再试一次,使之尽可能接近我的想象。和别人不同,现实生活中的我总想凭借行动还原想象。不应说是想象,更恰当的说法是我的记忆之源。我无法否认,人生中终会经历的体验,我在亲身体验之前就已经以更耀眼的形式感受过了。即便是肉体行为,也已经在我回想不起的时间和地点(或许是和有为子),以更强烈的感官喜悦麻痹过我的全身。那是所有快活的源泉。现实中的快活不及想象中快活的万分之一。

我曾在遥远的过去,看过无比壮丽的夕阳。之后的夕阳,多少有些褪色。这难道是我犯下的罪行?

昨日女人将我当作普通人来对待,所以今天出门时我带了一本前几天在二手书店买的袖珍本书。这是 18 世纪意大利刑法学家贝卡利亚①的《论犯罪与刑罚》。若想理解启蒙主义和合理主义,便无论如何也绕不开这本书。我读了没几页便把这本书扔在了一边。但我又想,或许女人会对书名感兴趣。

麻里子迎向我,脸上挂着同昨天一样的微笑。笑容虽没变,"昨日"却已没了痕迹。她的亲切是对曾有过一面之缘的人的亲切,这么说或许是因为她的肉体像某个留在我记忆中的街角上的东西吧!

几杯酒下肚后,我们之间也没那么别扭了。

"今天您又来找她了呀。看您年纪轻轻,没想到还挺多情呢。"老鸨说道。

"但你每天都来,不会被和尚斥责吗?"麻里子问道。我从未谈起过我的身份。麻里子见我一脸吃惊,便说道:"我明白,现在街上哪一个不是大背头?若是将头发剃至五分左右就一定是和尚。现在那些身居高位的和尚,年轻时也常来我们这里呢……好了好了,我们唱唱歌吧!"

话音未落,麻里子便唱起了当下的流行歌曲。

第二次的行为,在我习惯了的环境里,轻松又顺畅地完成了。这一次,我窥见了快乐的影子,却并非想象中的快乐,只不过是适应后自甘堕落的满足感罢了。

事后,麻里子像个长辈似的伤感地教育起了我,破坏了这难得的

---

① 1738—1794。意大利刑法学家,主张罪刑法定主义和刑法的公正适用。

些许愉悦。

"这种地方还是少来为好。"麻里子说道,"你是个认真的人。若不沉迷于此,还能去做些正当的买卖。我内心虽希望你来,但我想你应该明白我的心情。你就像我弟弟一样。"

或许麻里子是看过些毫无价值的小说,才学会了这样的台词。她像半开玩笑似的,以我为对象编织起一个小故事,期待我能分享她的情绪。若我能顺势落泪,岂不锦上添花?

我却没这么做,随即从枕边拿出《论犯罪与刑罚》,递到她眼前。

麻里子顺从地翻开了书,却什么也没说,又扔回了枕边,仿佛这本书从没出现过似的。

我曾期待她能预感到与我的相遇乃命运的安排,期待她能意识到并助我毁灭世界。我想,对她来说这算得上要紧之事。一番焦虑后,我说出了本不该说的话:

"一个月……没错,一个月内,报纸上必会有我的新闻。到时候你便会想起我。"

说罢,我的心脏剧烈地跳动起来。麻里子却笑出了声。她的乳房随着笑声颤动,她又不停瞥向我的方向。她咬住衣袖试图忍住笑容,却无济于事,笑得全身震颤起来。她自己也说不清哪里好笑,于是注意到这一点后,蓦地止住了笑。

"有什么好笑的?"我自感无趣地问道。

"你可真是个大骗子。哎呀,太滑稽了。你这个牛皮可吹大了。"

"我没撒谎。"

"别说了。哎呀,真是太滑稽了。真是笑煞人了。一本正经的样子,却满口谎话。"

麻里子又笑了起来。她笑的原因很简单,不过是因为我着急解释清楚的结巴样子引得她发笑。总之,她不相信我。

她不相信。即使地震即将来临,她也不会相信。即使世界崩塌,这个女人也不会崩塌。因为她只相信遵循自己的认知发生的事。按她所想,世界绝不可能崩塌。她从没有机会去考虑这样的事。她在这一点上和柏木一样。不思考的男人柏木,也是女人麻里子。

谈话进行不下去了。麻里子便袒胸露乳地哼起了歌。歌声中混入了苍蝇的振翅声。苍蝇围着她不停地飞来飞去,又不时停在她的乳房上。

麻里子只说了一句"真痒啊!",却没赶走苍蝇。更准确地说,苍蝇是贴在乳房上的。奇怪的是,她并不排斥苍蝇的爱抚。

挑檐上传来淅沥的雨声,仿佛雨只落在那儿上似的。雨像迷失了方向,并未向远方延伸,只是呆立在街角尽头。这雨声如同我身处的世界般,从广阔的黑夜中分离出来,被局限在红灯笼微弱光线下的一寸世界里。

若苍蝇钟情于腐败,那麻里子是否早已腐坏?她什么都不相信,这是腐坏的表现吗?是否因为麻里子住在仅她一人的绝对世界里,才招来了苍蝇?我想不明白。

毫无征兆地,麻里子像突然昏过去一般打起了盹。枕灯照亮了她的乳房,在那明亮的乳房上,苍蝇也仿佛突然睡着般一动也不动。

***

此后我再未去过"大泷"。我已完成了该完成之事。只剩老师注意到我将学费花在了女人身上,然后将我逐出鹿苑寺。

然而,我却从未暗示过老师这笔钱的用途。因为我不必坦白,老师便能看出其中端倪。

我自己也解释不清为何我如此相信老师,也曾想借助他的力量。若老师决定逐我出门后我才行动,我是否又一次将最后的决断权交到了老师手上?前面也讲过了,我早已看出老师的无能为力。

两次前去"大泷"后,老师以这样的形象出现在我眼前:

老师会这么做实则罕见。那天清早,老师赶在金阁开园之前来池畔散步,说了两三句慰劳众人打扫的话后,穿着凉爽的白衣,登上了通往夕佳亭的石阶。我想他大概会去夕佳亭,品一杯茶,独自静心。

那日,清晨的天空还残留着一丝火红的朝霞。蓝色的天空中,飘着几朵映红的朝云,仿佛初醒的女子害羞不肯见人。

打扫完后,众人各自回到正殿,唯独我从夕佳亭一旁绕到了大书院后的小道。因为大书院背面还没有人打扫。

我手拿扫帚登上金阁寺石墙围住的石阶,来到了夕佳亭旁。两旁的树上还留有昨晚夜雨的痕迹。一颗颗圆润的露珠躲在灌木绿叶上,映衬出朝霞的红晕，仿佛在绿叶上结出了淡红色的果实。露珠躺在蛛网上，连蛛网也染上了红色，随风轻轻颤动。

我眺望着地上的物象，感动于隐藏其间的天空色彩。滋润着寺内绿色的雨露，都是天赐的宝物。这些沾湿的绿色仿佛享受着天赐的恩宠，散发出腐败和新鲜混合而成的香气，只因这些绿色不懂如何拒绝这种天赐的恩宠。

拱北楼毗邻夕佳亭。众所周知，其名出自"譬如北辰，居其所而众星拱之"。可现如今的拱北楼，已与足利义满威震四方时截然不同，于百余年前建成了拱状的茶席。我在夕佳亭没看到老师的身影，他大概是在拱北楼。

因不想与老师单独碰面，我遂弯下腰蹑手蹑脚地沿着石墙前行，这样一来便不会被他发现了。

拱北楼的门是开着的。像往常一样，人们路过这里便可以看见圆山应举[①]所作画轴。壁龛间饰有做工精巧的神橱[②]。这神橱是从天竺国传来的，由白檀雕花制成，流逝的光阴在其上留下了黑色的印记。左

[①] 1738—1795。江户中期京都画坛大家。师从狩野派，后受西方写实画影响，基于对大自然的细致观察开创了逼真的新画风，即圆山派。擅长山水、花鸟及人物画。

[②] 安置佛像、舍利、经卷等的双开门橱柜形佛具。

侧放有利休①喜爱的桑棚②,还能看见屏风画。唯独不见了老师的身影。我遂抬起头往石墙外望了望。

壁龛柱一侧光线暗淡,柱旁有一类似白色包裹的东西。我定睛一看,原来是老师。老师竭力弯下身子,将头埋在双膝间,双袖覆面,蹲坐在地。

老师保持着这个姿势,一动不动。我看着他,心中的感受却如云起云落。

我首先想到的是老师得了某种急性病,正独自忍受着疾病的折磨。我应前去照顾他。

然而,另一股力量阻止了我。我对老师没有感情,既已打定主意日后纵火,照顾老师这一行为便是伪善。再者,我担心若照顾了老师,他因此感谢我、疼惜我,反倒会使我不安。

我聚精会神地望着,发现原来老师并未得病。可无论如何,老师这姿势里没有丝毫自豪和威严,反而仿佛野兽的睡姿般显得卑微。他的袖口微微颤抖,仿佛有看不见的重物沉甸甸地压在了他的背上。

这看不见的重物到底为何物?是苦恼,还是老师难以承受的无能为力?

渐渐地我才听到原来老师口中念念有词,正低声念着类似经文的

---

① 指千利休(1522—1591)。安土桃山时代的茶人,千家派茶道始祖,法名宗易。曾师从武野绍鸥学习村田珠光所传的侘茶。对茶具及各种相关器具都悉心钻研,集简素、清净的茶道之大成。仕于织田信长、丰臣秀吉,成为御头茶,被称为天下第一的茶道宗匠。还曾参与政治,因触怒秀吉被赐自刃。
② 茶道中用于放置水罐、勺等工具的茶棚。

东西，可我却听不出来是哪篇经文。这时我才明白，老师的精神生活中有我未曾见过的阴暗面。与这阴暗的精神相比，我拼尽全力试图达成的微小罪恶及怠慢，竟是这般微不足道。这样的想法浮现在脑中，无情地刺痛着我的自尊。

没错。那时我蓦地明白，老师蹲坐在地的姿势，与行脚僧苦苦哀求进入佛门成为僧徒却遭拒绝，只得终日在大门口将头深深埋入随身行李时的姿势一样。若老师这样的高僧，还需模仿行脚僧苦练修行，那这谦虚的精神的确令人敬畏。可我不明白老师究竟面对的是何物，才会这般谦虚。正如庭院杂草、林间绿叶和蜘蛛网上的露珠谦虚地朝向天上朝霞般，老师是否也谦虚地朝向恶与罪孽的本源，并原封不动地将其表现为自身野兽般的卑微姿势？

"他是做给我看的！"我突然想道。一定是如此。明白自己无能为力的老师知道我将经过这里，打算以沉默撕碎我的心，给我最后一击，以唤起我的怜悯，使我屈服于他。我发现了老师的训诫方式。这种方式竟是如此具有讽刺性！

当不知老师的姿势为何时，我差一点上当，对他心生感动。虽不愿承认，但我的确险些对老师心存敬慕。多亏我领悟到"他是做给我看的"，一切才得以逆转。我的心也愈发坚定起来。

这一刻我决定，无论老师是否又或是什么时候将我逐出寺门，纵火已势在必行。老师和我已身处不同的世界，彼此互不影响。已没有什么能阻止我。我不再期待外力助我一臂之力，我只需按照我的想法，随心所欲而为之即可。

朝霞渐渐散去，风起云涌，拱北楼走廊上不再有明亮的日光。老师依旧蹲坐在地。我急步离去了。

***

6月25日，朝鲜爆发动乱。我的预感成真：世界即将没落、毁灭，留给我的时间不多了。

第 十 章

实际上，从五番町回来的第二天我便有过尝试，我拔下了金阁北侧木板门上约两寸长的钉子。

金阁一层的法水院有两个入口。东西各一个，都是对开门。每晚，老导游会登上金阁，从里面关上西侧的门，然后从外面给东侧的门上锁。我知道一个不用钥匙进金阁的方法：从东侧的门绕至金阁北侧，在金阁模型背后有一个老朽的木板门，拔下上面的六根钉子便能轻易将门拆下。钉子早已松动，用手指的力量便能毫不费力地取下。我试了试，拔下了其中的两根，用纸包好，藏在抽屉深处。过了数日，似乎没有人注意到这一变化。过了一周，依然没有人起疑心。28日晚上，我又将这两根钉子钉回了原处。

老师蹲坐在地上促使我下定决心的那日，我在千本今出川的西阵警察署附近买了一些溴米那制剂[①]安眠药。起初店员只给了我30片的

[①] 镇静、催眠药溴异戊酰脲的商标名。白色粉末，带苦味。

小瓶，在我的要求下花了100日元买了百片的大瓶装。然后，我又在西阵警察署南侧的五金店，花了90日元买了一把四寸长的带鞘小刀。

我在夜色中来回经过西阵警察署。在这期间，透过明亮的门窗，我看到一个身穿开襟衬衣的刑警抱着双肩包急匆匆走进署里。就像过去20年也没有人注意过我的存在一样，没有人注意到我的经过。时至今日，这种状况未曾有过任何改变。现在的我依旧无关紧要。在日本，有数百万、数千万从不引人注目的边缘人，我仍属于其中一员。边缘人是死是活根本无关紧要，也令人放心。因此，刑警也能放心从我身旁走过而不看我一眼。门灯上有一横排石雕字，刻着少了个"察"字的西阵警察署，在夜色中闪着朦胧的红光。

回寺的路上，我还在回味今晚的采购，真可谓激动人心。

万一我想自杀，还能用上今晚买的小刀和药。如同一个即将组建家庭的男子构想未来生活的蓝图，置办所需物品般，我愈发喜不自禁。

回到寺内，我依旧对小刀和药爱不释手。我拔去刀鞘，舔舐着刀刃。刀刃上立即起了一层雾，我仿佛在冰冷的刀刃里品尝到了甜美的甘泉。这层薄钢的深处、舌头无法到达的钢的实质中散发出的香甜，一直传至我的舌尖。我手中紧握的钢铁，这明确的形状，深海般的蓝色光泽……它和唾液混在一起，缠绕在我的舌尖上。我尽情享受着这份甘甜，即便它逐渐褪去，我却依旧陶醉其中。我期待今后我的肉体再次深陷这甘甜的泥沼中。死亡的天空同生存的天空同样明亮。于是，我逐渐忘却阴暗的思想，感到世上已没有了痛苦。

战后，金阁内安装了最新的火灾自动报警器。若金阁内部达到一定温度，警报便会响彻全寺，第一时间传到金阁寺办公室。6月29日那晚，报警器出现了故障。发现故障的是他。我正好在厨房听到他在管理宿舍里报告相关故障。这可真是天意鼓励我采取行动。

然而第二天早上，副寺便给器械工厂打去电话，要求对方派人前来维修。老导游还特意告诉了我这件事。我紧咬双唇，懊恼自己竟错过了昨夜这个千载难逢的机会。

傍晚时分，修理工来了。众人肩并肩好奇地望着。然而，长时间的修理中，修理工只是歪着头，后来人群也逐渐散去了。我看了一会儿也离去了，稍后我只需绝望地静候铃声高声回荡在整座寺内的信号即可……我等待着。夜晚仿佛浪潮般涌向金阁，报警器那里亮起了一盏小灯。等了又等，警报声还未响起。修理工留下"明天再来"这句话后，便离开了。

7月1日，修理工未按约定前来，但寺里也并不着急修好报警器。

6月30日，我又去了一趟千本今出川，买了些夹心面包和糯米馅饼。寺里从没有提供零食，我只好偶尔从少之又少的零花钱里拿出一些去买来充饥。

然而30日那晚，我却并非因为腹饥才去买零食，也并非是买来帮助我服用安眠药，如果非得说出理由的话，其实是因为我深感不安。

我和手里提着的满满一袋零食间的关系,我正谋划实施的孤独行为和寒碜的夹心面包间的关系……从云层里探出头的太阳伫立在闷热雾霭笼罩下的古城对面。汗珠在我的背上静静流淌,划出一条阴冷的长线。我感到一阵疲惫袭来。

夹心面包和我之间的关系是什么呢?我料想无论精神如何高度紧张,在行为面前,我孤独的胃依旧会主张孤独的权利。我的内脏和我的丑陋绝不会被驯化。我明白这一切。无论神志清醒与否,肠胃这类愚钝的脏器,依旧会我行我素、保持常态。

我明白自己的肠胃渴望什么。它渴望的是夹心面包和糯米馅饼……总之,当人们试图理解我的罪行时,夹心面包应能提供相应的线索吧。届时人们会说:"是因为那家伙饿了,这可真符合人的本性!"

***

那日终于来临:昭和二十五年七月一日。我前面也提到过,我下午六点便已知道今天之内,火灾报警器不会修好。老导游又打了一次电话催促,对方只回答说:万分抱歉,今天实在无法抽身,明日一定前往修理。

这一天,参观金阁的游客有百人左右。金阁六点半便关上了大门,游客也都散了。老导游打过电话后,也没其他工作要做,便无所事事地站在庙厨东侧,眺望小小的农田。

细雨蒙蒙，从早上起这雨便反复不停。微风习习，空气并不闷热。农田里的南瓜花在雨中飘零。上个月播种的大豆在黑色的田埂上冒出了新芽。

老导游陷入思考时，便会活动下颚，贴合得并不好的一整排假牙随之发出摩擦声。或许是因为假牙的原因，他那翻来覆去没有变化的导游词愈发听不清了。即使有人跟他提起，也未见他有更换假牙的意思。他望着农田，嘀咕着什么。他又活动起了假牙，停下活动的牙关后又嘀嘀咕咕地说个不停，大概是为报警器的修理问题在发牢骚。

我听着老导游模糊不清的嘀咕声，心想无论是他的假牙还是报警器，都再修不好了。

那晚鹿苑寺来了一位稀客，叫桑井禅海和尚。他现在是福井县龙法寺的住持，过去同老师是禅堂禅友，也是我父亲的禅友。

禅海和尚来时老师不在，给老师打过电话后说一个小时左右回来。这次他来京都，将在金阁寺歇上一两晚。

父亲生前提起禅海和尚时，总是很愉快，也能看出父亲对他怀有敬爱之情。禅海和尚无论从外表还是性格来看都充满阳刚之气，是质朴禅僧的代表。他身高六尺左右，皮肤黝黑，眉毛浓密，说话时声音低沉有力。

一个弟子前来传话，称禅海和尚想趁等候老师这段时间和我聊一聊。我有些犹豫，担心他那双单纯清澈的眼会看穿我今夜的企图。

第十章

佛堂客殿有十二张榻榻米大小。禅海和尚盘着腿大口喝着颇会看人行事的副寺端来的酒，还配了些斋戒菜。我来之前，另一个弟子在替他倒酒，之后换我端坐于他身前为之斟酒。我身后的黑夜匿去了雨声。和尚望着我的方向，我看不清他看的是我的脸，还是夜空下梅雨时节里的庭院。

禅海和尚性格爽朗，第一次见我便直言不讳地不停说我和父亲长得真像，我已长这么大了，可惜我父亲走得早……

禅海和尚身上有老师所没有的朴素和父亲所没有的力量。他那黝黑的皮肤，肥硕的鼻子，浓厚的眉毛高高鼓起，与大恶见①如出一辙。内部多余的力量如实地反映在他的脸上，使得这张不匀称的脸更加失去平衡，其突起的颧骨仿佛南画②中的岩石般奇形陡峭。

禅海和尚说话时声音低沉响亮，总能在我心中回荡起一片温柔。当然，这并非常人所言的柔情似水，而是粗糙的温柔，仿佛盘根错节、不加修剪的大树在荒无人烟的大道上，为临时歇脚的旅客提供了一片树荫。交谈中，我不免警惕起来，担心今晚自己下定的决心会受和尚温柔的干扰而变得迟钝。莫不是老师又一次为破坏我的计划才特意请来他的？但转念一想，老师不可能为了区区一个我特意将福井县的和

---

① 能剧中的一种假面。牙关咬紧双唇近似"一"字形。大恶见为天狗，小恶见为鬼神。
② 即南宗画。中国画第二大流派。唐朝王维是南宗文人画派创始人。描线柔和，特色为主观写实山水画。江户中期起日本受其影响出现该流派，其中池大雅与谢芜村名声最高。相对北宗画而言。

尚叫来京都。禅海和尚的到来只是一个奇妙的巧合。他也不过是这场世界悲剧的见证人罢了。

禅海和尚将快二合①的白瓷酒壶一饮而空,我施了一礼后去厨房添酒。当我捧着温热的酒壶回来时,心中涌现出过去从未体验过的感情:被人理解的冲动。现如今,我竟希望得到禅海和尚一个人的理解。想必他也已注意到我再为其斟酒时,闪光的眼神已经不同于刚才了。

"您觉得我是怎样的人呢?"我问道。

"这个嘛,看起来像个认真善良的好学生,但不知道有没有什么不为人知的嗜好。不过现在世道不同了,享乐的嗜好很费钱吧!令尊、我和这里的住持,年轻时可是做了不少不正经的事啊。"

"我看起来像个普普通通的学生吗?"

"能看起来普普通通便再好不过了。普普通通多好,不会被人投以异样的眼光。"

禅海和尚没有虚荣心。虚荣心是身居高位的僧人容易陷入的一个圈套。僧人必须有一双鉴别万物的眼,从人物到书画古董无一不鉴。因此,为防止日后被人说三道四称自己没有见识,有的僧人便不再轻易说出鉴定的话,带有禅僧风格的独断言论当然能信手拈来,也为自己留下了解释为其他意思的余地。禅海和尚不是这样的人。他对自己所见所感直言不讳。当目之所及的事物出现在他那双强大且单纯的眼

---

① 合为日本度量衡制尺贯法中的体积单位,一合为一升的十分之一。

里时，他不会强求其意义。意义有也可，无也罢。禅海和尚最伟大的地方在于，他看待事物，比如观察我时，不会借助于某种只有自己的眼睛才可看到的特殊事物来树立异说，他看待万物时认定他人也是这般看待万物。在他眼里，完全主观的世界没有意义。我明白了他的言下之意，顿感浑身轻松。只要他人眼里的我平凡无奇，我便只是个普通人，无论做出如何异常的行为，我的平凡也永不会失去。

不知不觉中，我开始幻想自己的身体化成一棵小树，立于和尚眼前的树丛中。

"活成别人眼中的样子便好了吗？"

"那也不行。若行为有变，则人们的态度也会有所变化。世俗易遗忘啊！"

"别人眼里的我，和我认为的我，到底哪一个才是持久的呢？"

"两者皆易逝。无论多么努力想要维持哪一个，它都会逝去。火车前行，旅客静止；火车静止，旅客必须前行。既无前行，也无休息。虽说死是最后的休息，其持续多久也未曾可知。"

"请您道破我的本心。"我终于说出这一句话，"我并非您所想的那样，请您道破我的本心。"

禅海和尚手拿酒杯，一动不动地看着我。沉默压在我肩上，仿佛鹿苑寺里被雨淋湿的黑色瓦屋顶般沉重。我浑身震颤。突然，和尚发出了响彻世界的明朗笑声：

"无须道破。你脸上已有众生。"

我第一次感到自己的一切都得到了理解，我在他面前成了一张白纸。行动的勇气渗入我的体内，带着勃勃生机不断涌现。

晚上9点，老师回来了。像往常一样，保安人员开始了巡查。一切都没有丝毫的异常。

老师和禅海和尚互斟共饮。午夜零点三十分，老师开浴泡澡，禅海和尚随另一个弟子回了房间。凌晨一点，已没了打更的声音，连绵的细雨也没了声响，寺内一片寂静。

我坐在铺好的床铺上，计算着降临在鹿苑寺的夜晚的时刻。夜色愈发沉重，这间五个榻榻米大小的仓库房的梁柱和木板门便愈显庄严。

我试了试自己的口吃。仿佛将手探入布袋，找寻的东西却不小心被勾住，怎么也掏不出来似的，第一个词同往日一样挂在嘴边，使我心急如焚。我的内心世界的重量和密度，正如此刻的黑夜，语言仿佛从深夜里的黑暗水井中缓缓吊起的吊桶般，发出咯吱咯吱的笨重声响。

"再过一会儿就好，再忍一会儿便好。"我这样想，"这把生锈的钥匙即将打开隔绝我的内心世界和外界的大门，风将畅通无阻地穿行于我的内心世界和外界。吊桶将冲破天际，眼前将只剩一片荒芜，内心密室终将毁灭……这一切已逼近眼前，只差最后一点，我便能触碰到这一切。"

满怀幸福感的我在黑暗中静坐了一个小时。这一个小时是我人生中最幸福的时刻……我蓦地在黑暗中站起身来。

我穿上事先准备好的稻草鞋，穿行在细雨雾霭中，蹑手蹑脚地绕至大书院后方，沿着鹿苑寺后侧的水沟前往工地。工地里没有木材。蒙蒙细雨中，整个工地弥漫着散落一地的湿木屑气味。寺里的稻草一般都存在这里，前段时间存有足足四十捆。看来那些稻草都用得差不多了，今夜只剩下三捆堆在这里。

我抱起这三捆稻草，返回农田边。庙厨四下阒寂无声。我从灶台处拐进管理员宿舍。突然，从厕所的窗户中透出了明亮的光线，照射在了我的脸上。我站在原地，一动也不敢动。

这时，厕所里传来几声咳嗽声，听起来像是副寺。等了好久，终于传来一阵撒尿声。等待的时间实在漫长。

我蹲下身来，将稻草放在胸口下方以尽可能不被雨水沾湿。微风轻轻拂动着蕨草，由于下雨的缘故，浓烈刺鼻的厕所臭味积淀在了这片蕨丛里……撒尿声终于止住，其后又传来身体踉踉跄跄撞到墙上的声音。看来副寺还在半梦半醒的状态。灯灭了。我又抱着三捆稻草，走向了大书院后方。

我所有家当不过是一个装日常用品的柳条箱和一个又小又旧的皮箱。今夜我已将所有的书籍、日常衣服和僧衣悉数放入其中，想趁这次机会把它们都烧了。你不得不承认我的心思如此缜密。我分门别类地整理好物品：将蚊帐、吊环等搬运过程中容易发出动静的物品归为一类，将烟灰缸、杯子和墨水瓶这类不易烧毁的东西分作另一类，并特意包上一床被褥和两床棉被以防留下证据。我将这些物品一点点搬至大书院后方后,才去拆卸金阁北侧的木板门。

木板门上的钉子仿佛钉在柔软的土壤里似的,轻而易举地便被我拔了下来。我用身体撑着倾倒的木板门,淋湿后稍有膨胀的朽木贴在了我的脸上。门不重,我将其放在一旁的泥地上,朝里望了一眼,只看到金阁内部一片阴沉的黑暗。

我斜着身子刚好能钻过木板,便侧身潜入了金阁的黑暗中。一张陌生又可怕的脸出现在我眼前,我不禁打了一个寒战。原来是我自己:当我站在入口处擦亮火柴后,放置金阁模型的玻璃窗上映出了我的脸。

尽管还有更重要的事,我却情不自禁地盯着金阁模型入了迷。在火光的照耀下,这个小小的金阁暗影流动,影子随即笼罩住整个木架模型,令人感到不安与恐惧。火柴灭了,黑暗蓦地吞噬了这一切。

燃尽的火柴还剩下一丝微红的跳动,令我想起在妙心寺时,那个学生小心翼翼地踩灭火柴时大惊小怪的样子。我又擦亮一根火柴,借着火柴的光走过六角经堂和三尊[①],走到功德箱前,看见箱子上一条条方便人们投入香资的挡格。挡格的影子随着飘扬的火苗晃动。功德箱背后是指定为国宝的鹿苑寺殿道足利义满木像。这尊坐像身着法衣,长长的衣袖向左右两侧延伸,右手在上、左手在下持着笏[②]。剃发后的

[①] 三尊像,又称三尊佛。正中主佛(中佛)和左右两侧胁侍三体一组的佛像安置形式。弥陀三尊为阿弥陀、观音及势至。释迦三尊为释迦、文殊及普贤。
[②] 穿束带(官服)时,右手所执的狭长板子。起初是将议事议程等写在纸上,贴在板子后面作为备忘。后来演变为纯礼仪性的用具。

脖颈埋在衣领中，瞪圆的双眼在火柴的火焰下发出威严的光芒。我却面不改色，毫不畏惧。小小的木像倒显得阴郁惨淡，端坐在自己建起的宅邸一角，像是一早放弃了对权力的追求。

我打开了通向西侧淑清亭的门，湿淋淋的门并未发出低沉的咯吱声——之前也讲过，这扇双开门是从里面开的——雨中的夜空竟比金阁内部更明亮。靛蓝色天空下，微风轻拂，给金阁内部吹入丝丝夜色凉意。

"义满的眼睛，义满的那双眼睛。"我跳向门外，返回大书院后面时满脑子都是足利义满那瞪圆的双眼。"我要在那双眼睛下完成这一切。在那双什么也看不见、已经死去的证人眼前……"

我急速奔跑，裤袋里有什么在作响。原来是火柴盒。我停下脚步，往火柴盒里塞了些面巾纸止住声响。安眠药瓶和小刀用手帕包着揣在另一个裤袋里，没有发出声响。夹心面包、糯米馅饼和香烟放在工作服口袋里，本来就没有声响。

之后的我只是机械地进行着作业。我来回跑了四趟，才将堆在大书院门口的行李搬至金阁内部足利义满木像前。第一次搬的是除去吊环的蚊帐和一床被褥，接下来是两床棉被，第三趟搬了皮箱和柳条箱，最后搬了三捆稻草。我将这些物品杂乱地堆在木像前，又将三捆稻草夹在蚊帐和被褥间，用最易燃的蚊帐半裹住其他物品。

我最后一次回到大书院后面，抱起那包不易燃的包裹，去了金阁东边池畔，从那里可以望见池中的夜泊石。我站在几株青松的月影下，才勉强避开了雨。

　　池中的天空倒影有些苍白。大片的纤细水藻像连成片的陆地，只在间隙处才可将池水窥见一二，使得落在池面的雨荡不出波纹。镜湖池在雨雾中，在水气里无限地延伸至远方。

　　我捡起脚边的石子扔入池中，池水随即仿佛撕裂四周的空气般发出了剧烈的声响。我缩作一团，一动也不敢动，试图凭借沉默抹去这未曾料想的动静。

　　我将手伸入水中，却不小心缠住了黏滑的水藻。我先拿过蚊帐吊环，将其浸入水中后松开了手。然后是烟灰缸，我像清洗餐具那般先将它盛满水再松开手。接下来是杯子、墨水瓶，该沉入池底的物品悉数被我沉了下去，仅留下了包裹这些东西的包袱和坐垫。接下来我只需带着包袱和坐垫到足利义满像前，便可开始点火。

　　这时食欲突然袭来，这在我意料之中，却使我感觉遭到了背叛。昨日吃剩的夹心面包和糯米馅饼还在口袋里。我用工作服的衣角擦了擦湿漉漉的手，贪婪地啃食起来却没尝出什么味道。并非我的味觉，而是我的胃在嚎叫，所以我只需一心一意将零食塞入嘴里即可。我的胸膛急速悸动着，慌慌张张啃食完后，捧了池水一饮而尽。

　　……现在的我离行动只剩一步之遥。通往行动前的准备已悉数完成，站在准备动作的尽头，我只需跃身向前即可。接下来只需付出些许的努力，我便可以轻而易举地触及行动了。

可我从未想过，这二者之间是一个深渊，正张着将吞下我一生的血盆大口。

我带着永别的心情望向了金阁。

朦胧夜雨中，金阁的轮廓模糊不清，仿佛黑夜的结晶伫立于此。我定睛细看，才勉强看见法水院潮音洞纤细的房柱和相较第二层突然变窄的究竟顶。然而，过去曾使我倍受感动的细节部分，却融入了夜色，离我甚远。

我对美的回忆渐渐苏醒，这片暗黑的边框化作可在其上肆意涂抹幻影的画布。这蹲坐大地的阴暗形态中暗藏着美的全貌。回忆的力量又使得每一个美的细节在暗夜中散发并传播灿烂的光芒，令世界不再有白昼黑夜之分。在这不可思议的时光的光芒下，金阁逐渐化作可视的物体，以未曾有过的精巧形态，在我眼前竭尽全力地放射着光芒。这耀眼的光芒使我眩晕。金阁在其散发出的光芒中化身为透明的存在，令身处金阁外部的人也能清晰辨别出潮音洞里天人奏乐的顶棚饰画、究竟顶墙上斑驳的金箔。金阁精巧的外部和内部交错在一起，其构造及主题的清晰轮廓、将主题具体化的重复的细节及装饰、对比及对称的效果都被我尽收眼底。共同藏身于同一个房檐下并上下重叠的法水院和潮音洞，虽同样大小，却展现出微妙的差异，可谓一双相似的梦，一对相似的快乐。若仅看其中一个，人们容易遗忘、混淆，但若上下仔细对比，梦想便照进了现实，两两相似的快乐化身成了建筑。可再往上看，三层却顶着一个突然变窄的究竟顶，相似的快乐于瞬间崩塌，黑暗绚丽的时代随即被概括为崇高的理想，令世人臣服于黑暗的脚下。矗立于木瓦板屋顶的金铜凤凰即将迎来无明长夜①。

建筑师并不满足于此。仿佛欲将美中所蕴含的力量悉数赌在打破平衡这一点上似的，他还仿照钓鱼台的样子，在法水院西侧建了一个简朴而小巧的漱清亭。漱清亭在这个建筑中反抗着形而上学②，它绝非悠长地伸向镜湖池，反而像是在尽可能地逃离金阁的中心。漱清亭像一只从建筑中起飞的鸟一样，正高展双翅，奔向池面，逃向当今俗世。它好比一座桥，从世界规定的秩序通往混乱，或许这种混乱便是快活。没错。金阁的精灵始于断桥般的漱清亭，化作三层楼阁后又从断桥处逃离。池面漂荡着无比庞大的快活力量。这股看不见的力量在过去，凭一己之力建起了金阁。可在完全依靠秩序、建成绝美的金阁之后，这股力量已无法忍受常居于此，只好顺着漱清亭来到池面，来到无限的快活中，逃回了故土。每每见到清晨和傍晚的雾霭在镜湖池上迷失了方向，我便会想，这里才是建造起金阁的强大快活力量的居所。

于是，美概括了各部分的争吵、矛盾和扭曲，君临其上！仿佛以金粉一字一句书写在藏蓝色纸本③的纳经④般，金阁是以金粉一点一滴建造于无明长夜中的建筑。美是金阁吗？或者说美其实与包围金阁的

---

① 佛学术语。将烦恼之惑覆智眼、不见光明的混沌状态称作长夜之黑暗。
② 该学问认为真理的本质、存在的根本原理超越现象，存在于现象之上。主张通过直观感受把握纯粹的理念。
③ 相对于绢本而言，指写或画在纸上的书法、绘画作品或文书等。
④ 为追善供养而抄写的经文，献纳给寺院、神社。

虚无夜空是同种物质？或许二者皆不是，美不仅是细节也是整体，既是金阁也是包围金阁的黑夜。这么一想，金阁之美的未解之谜不再像过去那样使我烦恼，我正逐步解开它的谜团。房柱、勾栏、格子吊窗、木板门、火灯窗、四角攒尖顶……法水院、潮音洞、究竟顶、漱清亭……池中倒影、池面小岛、青松、泊船，若细细甄别每一处细节的美，便会发现美绝非终止于此，完结于此，每个细节中都暗藏着下一个美的线索。线索环环相扣，每一个不存在于此的美的线索，构成了金阁的主题，也是虚无的征兆。虚无乃美的构造。由此，美在细节的未完待续中预示着虚无。这座精巧细致又纤柔的建筑仿佛在风中战栗的璎珞般，在虚无的预感中震颤。

即便如此，金阁的美也从未消逝在时空中！它的美总在某处回响。仿佛长年耳鸣般，我无论身处何处，总能听到金阁的美的回响，对此也习以为常。若将这份美比作声音，这座建筑便是响彻五个世纪的小金铃，或是一把精巧的小琴。若它不再作响……

——我感到精疲力竭。

幻想中的金阁又一次清晰地浮现在金阁上方，散发出耀眼的光芒。水影中的法水院勾栏谦虚地退出我的视线，潮音洞的勾栏在天竺样式插拱的支撑下，同挑檐一道，梦幻般朝着池面挺出胸膛。房檐的投影在月亮的倒影里、池水的荡漾中不安地漂荡。水光使得金阁仿佛映在夕阳的余晖里、皎洁的月光下，化作不可思议的流动形态、展翅高飞的精灵。荡漾的水解开了金阁坚固形态的束缚。挣脱束缚后的金阁仿佛由永远吹拂的风、永远流动的水、永远摇晃的火焰堆砌而成。

它的美无与伦比。此刻我明白了这股疲劳感从何而来。美抓住了最后的机会，用过去同样的手法，试图袭击我、束缚我，使我感到无能为力。我感到四肢发麻。刚才的我离行动只剩一步之遥，现在我却又一次与行动相隔千山万水。

"我可是离行动仅一步之遥了。"我低声说道，"我既欲以行动实现幻想，完全活在行动的幻想中，那还有采取行动的必要吗？这么说来，行动不是毫无意义吗？"

"柏木所言想来是真的。他说改变世界的是观念而非行为。他还说有一种观念是为了尽可能地模仿行为。我的观念就属于这一种，使行为失效的也是这一种。那么一言以概之，我长远周到的准备不就是验证我最终的认识，即不必采取行动吗？"

"可瞧好了。现在对我而言，行为不过是一种多余的东西罢了。它像偏离了人生常规、脱离了意志的另类冰冷铁器，在我眼前静候发动。行为和我，没有任何关系。此前依然是我，此后我将重获新生……为何我要重获新生呢？"

我倚靠在青松的树根旁，随即陷入那阴冷潮湿木纹的诱惑圈套中。我感到我就是这股阴冷的力量。世界就此停止，没有欲望的我感到满足。

"为何我会感到筋疲力尽？"我心想，"我像是发烧了，好疲惫。我的手无法自由活动。我生病了。"

金阁依旧金碧辉煌，仿佛《弱法师》俊德丸①所见的日想关②景色。

盲人俊德丸在黑暗中看见了落日光影跳动在难波海上。他看到天空中没有一丝云，看到夕阳映照下的淡路绘岛、须磨明石③、纪之海……

我浑身发麻，双眼止不住地落泪。就这样挨过这个夜晚，直至被人发现也好。我会一言不发，毫不辩解。

迄今为止，我好像一直就幼年起无力的记忆发表长篇大论，但突然苏醒的回忆也能带来起死回生的力量。过去并非一味将我们拉入过去，散落在过去的记忆中，也有为数不多的、如钢铁般强韧的发条，一旦有机会和现在的我们接触，便会猛地将我们推至未来。

我虽浑身发麻，心却在记忆里翻箱倒柜，好似有句话在记忆中起起伏伏、时隐时现。我的心仿佛即将抓住它，却又怎么也抓不住……这句话在呼唤我，鼓舞我，靠近我。

"向里向外，逢者便杀。"

……《临济录》"示众"一章中最著名一节。开头一行便是这样写的。随即而来的语言也极其流畅：

---

① 观世元雅所做谣曲主角。该谣曲讲的是俊德丸受人诬陷，流落至盲人乞丐（弱法师），四处行讨。其父左卫门尉通俊在天王寺与儿子相遇，最终一起返回故乡的故事。

② 《观音无量经》所讲十六观之一，即面朝西、观落日、思净土。由于春分秋分为太阳向正西方（极乐方向）西沉之时，中世纪时盛行在天王寺西门朝拜落日，并称这种朝拜为彼岸会。

③ 日本兵库县须磨区、明石市。

"逢佛杀佛，逢祖杀祖，逢罗汉杀罗汉，逢父母杀父母，逢亲眷杀亲眷，不拘于物而解脱自在。"

语言给我力量，将我推离虚弱无力，让我瞬间充满力量。心中某个角落虽在告诉我将做之事不过是徒劳和执拗，但我获得的力量却不再惧怕徒劳无功。因为徒劳就是我的使命。

我将坐垫和包袱揉作一团，夹在胳肢窝下，随即站起身来，望着金阁。金碧辉煌的金阁幻影渐渐隐去身姿。勾栏被黑夜吞没，林立的柱子变得模糊不清，水中的金光销声匿迹，挑檐的倒影也不见了踪影。所有的细节湮灭在黑夜里，只剩下金阁模糊的黑色剪影……

我在黑夜中急速奔跑绕过金阁北侧。一路畅通无阻，我的双脚也轻快起来。黑暗引领我前行。

我来到漱清亭旁，从金阁西侧敞开的双开门一跃而入，然后将坐垫和包袱扔在了那堆行李上。

我的心因欢快怦怦直跳，沾湿的双手微微颤抖。火柴湿了，第一根火柴没有擦燃。第二根火柴被折断了。点燃第三根时，我用手小心翼翼地护着它不被风吹灭。从我的指缝中透出了火柴的光亮，第三根火柴点燃了。

可我忘了刚才将稻草放在何处，不得不借住火柴的光四下寻找。好不容易摸到稻草，火柴却燃尽了。这次我蹲在了稻草旁，同时擦燃了两根火柴。

火苗临摹着稻草勾画出复杂的黑影。它在我眼前浮现出明亮的荒原色,随即向行李蔓延开来,不一会儿却在飘起的烟雾中消亡了。不料在距火苗有些距离的地方,泛青的蚊帐竟燃起了火焰,四下顿时热闹起来。

我的大脑瞬间清醒。想到火柴数量有限,我转至另一角,谨慎地点燃一根火柴并引燃了另一捆稻草。这次大火顺利燃了起来,我才感到一丝慰藉。过去我和其他弟子一起烧火时,我总是点火点得最好的那一个。

法水院内部涌起一团巨大的暗影,在明亮的墙上肆意摇曳。明亮的火光照亮了弥陀、观音、势至组成的阿弥陀三尊①,照得足利义满木像的眼闪闪发光。被火光投射在木像身后的影子张狂地四处窜动。

我没有感到热。眼见火焰扑向功德箱,我心想不成问题了。

我忘了安眠药和短刀。因为我突然想死在大火包围的究竟顶上。我躲过大火的袭击,登上细窄的楼梯。来不及思考为何通往潮音洞的门没锁我便上了二楼。其实是老导游忘了上锁。

烟已追至我身后。我一边咳嗽,一边望向相传为惠心②所作的观音像和天人奏乐的顶棚饰画。不一会潮音洞已是浓烟滚滚。我继续向上,试图打开通往究竟顶的门。

门锁住了。三楼的门怎么也打不开。

---

① 中尊为阿弥陀佛,主宰西方极乐世界。左为观世音菩萨,主悲,表示下化众生。右为大势至菩萨,表示上求菩提。
② 源信的尊号。平安朝中期居于比睿山惠心院的天台宗高僧。善绘画雕刻,佛画惠心派始祖。著有书籍《一乘要诀》《往生要集》。

我使劲儿拍门。拍门声甚是激烈，我却什么也听不见，只是拼命地拍打着门，感觉有人会从里面给我开门。

那时我之所以如此憧憬究竟顶，一方面的确是想在那里终结我的生命。而另一方面，浓烟已刺穿我的眼鼻、心肺，我像是求救般心急如焚地拍打着门。门的另一头不过是三间四尺七寸的小房间而已，内部的金箔早已斑驳，所剩不多。这时的我却幻想对面的小房间里贴满了金箔。我使劲儿叩门，语言也无法表达出我对那间小房间的向往。总之，只要能进去便好，只要能到达那间金色的小房间……

我竭尽全力拍打着门。光凭手还不够，我便不遗余力地用身体撞了上去。门还是不开。

浓烟已包围了潮音洞。脚下传来大火噼里啪啦的爆破声。我感到窒息，就快失去意识。我咳嗽着，却还在拼命拍打着门。门依旧紧闭。

这一瞬间，我才恍然大悟自己的的确确被拒之门外，于是我毫不犹豫地转身下楼，在浓烟的旋涡中折回了法水院。我穿过大火，好不容易来到了西侧的门，跳出了窗外。我不知道自己要前往何处，只是仿佛韦驮天①附身般在黑夜中疾驰。

……我竭尽全力向前奔跑。很难想象这一路到底跑了多远，我也记不清跑过了哪些地方。或许我是跑过了拱北楼，出了北边侧门，经

---

① 佛法守护神，统帅东西南三方。被奉为寺院护法神、伽蓝守护神。相传曾追赶盗窃舍利的小鬼，以善跑腿快闻名。其佛像身着甲胄，手持宝物。

过明王殿，跑上遍布竹林和杜鹃的山道，登上了左大文字山顶。

我躺倒在了赤松树影下，青葱竹林里。我拼命喘着粗气，以平复这颗悸动的心。稍回过神来，我已身处大文字山顶。它在正北方静静守护着金阁。

受惊群鸟惊恐的鸣叫，使我恢复了清醒。其中一只鸟就在我跟前，拍打着翅膀飞走了。

我仰躺在地，望向夜空。不计其数的鸟惊叫着掠过赤松枝头。星星点点的火花已散落夜空，如星火般遨游其中。

我站起身来，远眺山谷间的金阁。异样的声响从金阁的方向传来，像是爆破声，又像是无数人的关节齐声作响。

从我这里已看不见金阁了，只能看见滚滚浓烟卷起火焰冲向天际。火星飞入木丛间，仿佛一层金砂从天而降，盘旋在金阁上空。

我盘腿而坐，长久地眺望这景象。

这会儿我才注意到自己已遍体鳞伤，大火炙烤过的肌肤和擦伤处血流不止，手指间还留有叩门时渗出鲜血的痕迹。我像只落荒而逃的野兽般舔舐着伤口。

我想起了口袋里的小刀和手帕包裹的安眠药，伸手摸了摸口袋，又把它们扔进了山谷。

我又从另一个口袋里摸出了香烟。点燃一支烟，我像完成工作后想抽支烟歇歇的人一样，心想：活下去吧！

1956 年 8 月 14 日